マーマリング・トーク
おしゃべりなつぶやき

杉浦さやか

二見書房

はじめに

この本は、私が発行してきた新聞
『MURMURING TALK』をまとめた本です。
「MURMUR」は「つぶやく」という意味の英語。
自分の新聞をつくることになって、
「日々のつぶやき」を意味する単語を探していたときに
辞書で見つけた言葉。
響きがかわいかったので、
ingをつけてそれっぽく仕立てた造語です。
自分の好きなものや気になることを、
つぶやくように綴っていこう、とつけた名前。

記念すべき第1号を発行したのは1994年の12月。
大学を卒業したばかりの年で、私は23歳でした。
卒業後いきなりフリーのイラストレーターになってしまい、
アルバイトをしながら細々と仕事をこなしはじめたころ。
まだ仕事の量も不安定で、
持て余していた時間を使って
街を歩きまわったり、映画を観に行ったり。
好きなお店や音楽、本、
散歩で見つけたものについて、
絵+文で新聞仕立てにして、
近況報告をするつもりでつくりはじめました。

いつかイラストエッセイの仕事をするための
練習としての役割も大きかった新聞。
読みやすいレイアウトや文章の要約など、
新聞づくりで学んだことは
今の自分の仕事に大きくつながっています。

仕事でお世話になった編集さんや
出会った人に配るうちに、
それがきっかけで
少しずつ仕事が広がっていきました。
夢だったイラストエッセイの本を出せるようになっても、
自分の原点のような新聞づくりは
どうしても続けたくて、
新刊の発売記念につくらせてもらうようになりました。

1号から20号までをまとめた本
『マーマリングトーク』を出したのが2002年。
それからひとまわり以上の月日が流れ、
このたびようやく第2弾を
出すことになりました。
14年分の日々のつぶやきに、
耳をかたむけていただけたら幸いです。

What is 『MURMURING TALK』?

完全に趣味でつくっていたころの vol.15 ベトナム・ハノイ旅行記（1998年5月）。
vol.6 のイギリス旅行記のみフルカラーで、コピー代が高くついたっけ……。

　プライベート新聞だった15号までは、基本的にB4サイズのモノクロコピー。最初は友人やお世話になった編集さんなどに、封書で送っていました。
　読んでくれる人ができた張り合いで、私は新聞づくりにのめりこみ、月に一度のペースで発行を続けました。半年が過ぎたころに舞い込んだのが、この新聞をたまたま目にした友人の友人からの、初個展の話。会場がお気に入りの雑貨屋さんだったので、大はりきりで、カフェスペースいっぱいにイラストエッセイの作品を並べました（このときの作品が、初単行本出版につながりました）。
　個展をきっかけに、会場となった雑貨屋さんで新聞を置いてもらうようになり、一番多いときで400〜500部を発行……と言ってもコンビニでコピー。

　今のように、新刊の発売記念につくるようになったのは、1998年に発行したはじめての単行本『絵てがみブック』のときにつくったものから。それまでひとりで地道にコピーして折っていたものが、出版社を通じて印刷所で印刷してもらい、A4サイズの表はカラー、裏はモノクロの豪華版に。カラー面は新刊の案内で、モノクロ面はこれまで通りのマーマリング・トークという現在の形に落ち着きました。

　情報などが間違っている箇所は訂正しましたが、極力当時のままの状態で記事を再編集しました。終わっているイベントの情報が入っていることなど、どうぞご了承ください。

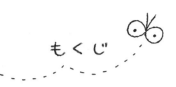

もくじ

2	はじめに
4	What is『MURMURING TALK』?
6	もくじ
9	vol.21　01年12月号　マーマリング・トーク
14	コラム1　きっかけは…
15	vol.22　02年6月号　上海を歩こう
20	コラム2　ひなまつりのお菓子
21	vol.23　03年4月号　東京ホリディ
26	コラム3　その後の東京ホリディ
27	vol.24　03年7月号　おしゃべり12ヵ月
32	コラム4　パレスサイドビル
33	vol.25　05年6月号　はじめてのハワイ

38	コラム5　アラモアナ・ショッピングセンター
39	vol.26　05年10月号　スクラップ帖のつくりかた
44	コラム6　スクラップ帖ライフは続くよ
45	vol.27　06年3月号　えほんとさんぽ
50	コラム7　絵本と出合う
51	vol.28　07年3月号　週末ジャパンツアー
56	コラム8　好きなホテル
57	vol.29　08年3月号　ひっこしました

62	SPECIAL PAPER＊1
65	vol.30　08年6月号　よくばりな毎日
70	SPECIAL PAPER＊2
73	vol.31　08年12月号　えほんとあそぼう
78	SPECIAL PAPER＊3
81	vol.32　09年3月号　あかずきん

86	SPECIAL PAPER＊4
89	vol.33　09年8月号　わたしのすきなもの
94	コラム9　イベントの楽しみ
95	vol.34　10年10月号　12ヵ月のクロゼット
100	コラム10　おしゃれと年齢
101	SPECIAL PAPER＊5
104	SPECIAL PAPER＊6
107	vol.35　11年7月号　道草びより
112	SPECIAL PAPER＊7
115	vol.36　11年12月号　おしゃれの教科書
120	SPECIAL PAPER＊8
123	SPECIAL PAPER＊9
126	SPECIAL PAPER＊10
128	コラム11　夢の一冊
129	vol.37　12年4月号　ひっこしました〈文庫版〉
134	コラム12　みたび ひっこしました
135	vol.38　11年12月号　レンアイ滝修行
140	SPECIAL PAPER＊11
143	vol.39　13年8月号　おさんぽ美術館
148	SPECIAL PAPER＊12
151	vol.40　14年11月号　うれしいおくりもの
156	コラム13　おくりものは楽し
157	SPECIAL PAPER＊13
160	SPECIAL PAPER＊14
163	vol.41　15年7月号　おきにいりと暮らすABC
168	SPECIAL PAPER＊15
172	おわりに

MURMURING TALK

vol.21 ✤ マーマリング・トーク

DECEMBER 2001

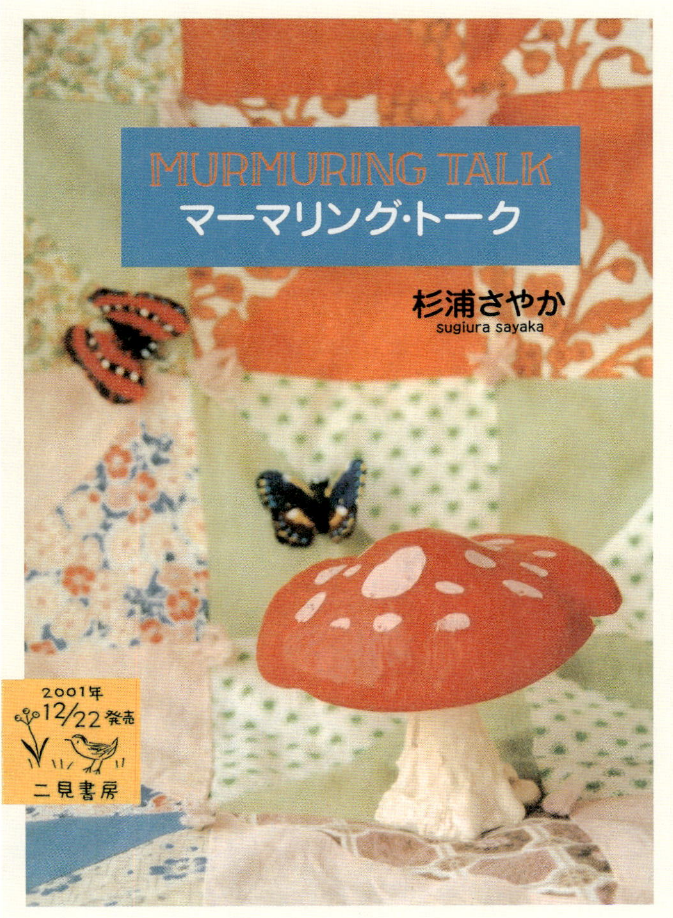

✳ マーマリング・トーク
文と絵／杉浦さやか
（二見書房刊・定価1300円+税）

'95年1月から発行し始めた、私のプライベート新聞が1冊の本になりました。最近観た映画の事、お気に入りの物やお店、旅の話——身の回りの小さなニュースを気ままに綴ったものです。
思い起こせば7年前、イラストの仕事がなかなか順調に入ってこなくて、ヒマを持てあましていた23歳の冬。巷ではフリーペーパー作りがちょっとしたブームになっていて、私の学生時代のバイト仲間たちも、それははりきって雑誌作りに励んでいました。
私も新聞でも出せばウダウダしているよりタに遊びに行くきっかけができるし、絵の勉強にもなるなぁ…と始めたのが『MURMURING TALK』でした。
始めてみると楽しくて楽しくて、新聞作りは私の一番の趣味になりました。
描きたい事だけ描けて、それを読んでくれる人がいて。
最近は新しい本を出すときに作るくらいになってしまいましたが、今でもやっぱり一番のお楽しみです。
これからも ずーっと、細々とでも続けていけたらいいな。

▲1号（'95年1月発行)より
素人FMと違ってなかなか大幅にはまけてくれないけど…ダメでもともと「まかりませんかー?」の一言。

憧れのハードカバーです。

B4の紙に記事をまとめ、コピーして6つ折りにして完成。友達やお世話になっている編集さんなどに郵送していました。

3号（'95年3月発行)より▼

▲8号（'96年5月発行)より
部屋で"HIROMIX写真"をビシバシ撮りまくる。リネン類がやたらとかわいい。

"ミカド" "ブーケ" 899円
—おしゃれ馬—日本人には発想できないシロモノよね〜…なかなかスゴイ色合い。

1号ずつにその当時の作品を使ったトビラをつけました。記事にちなんだコラムも入り…かなりの俺俺本ですが、よかったらぜひ読んでみてください✳︎

カバーの物語

今回のカバーは今までとガラッとイメージがちがって、かなり気に入っています。実は当初は、このペーパーの表紙のキノコ写真を使おうと思っていたのです。我ながらトチ狂いすぎ…。「お気に入りグッズの写真なんていいかも」という考えがだんだんエスカレートして…。毎回装丁をお願いしているこやまさんが冒頭の方向を提案してくださって、なんとか思いとどまったのでした。しかし、この頭のワルそうな写真はとても気に入っていたので、今回使ってしまいました♡

"スマーフ"のキットについていたの。

CINEMA

✳︎ ゴースト ワールド ✳︎
('01年アメリカ)
於 吉祥寺バウスシアター

卒業式のダサいギャル、ラップ、スーパーのヌンチャク男。細かいキャラクターやエピソードがいちいちおかしくて、そこがたまらなく好き。最初はニヤニヤしながら観ていたのですが…だんだんせつない気持ちになってくる。ああ、こういう「世の中バカばっかり」って斜に構えたサブカル少女っていたなあ、と思いつつ、どうしようもできない、自分で自分がわからない苛立ちが痛いほど伝わってきた…なんて、言葉にしちゃうと陳腐ですけど。きっとそれぞれに余韻の残る、清々しいラストもよかったな。

どすこいイーニドの服カワイイ

似てなくてスミマセン…

スティーヴ・ブシェミがだんだんかっこよく見えてくる…

レベッカ役の女の子、どこかで見たなあと思ったら『のら猫の日記』('96米)の子！美しく、大きくなったわぁ。

男の子みたいだったのに。この映画も好き。

DECEMBER 2001　11

TRIP

※ 栃木への旅 ※

今年の誕生日は那須・塩原へ。30歳記念だし、パーッとハワイにでも行こうと思っていたのですが〜〜仕事が終わらず、断念。宿をとった塩原はけっこうさびしい温泉場でした。昭和30年代なパチンコ屋さんやスマートボール場が残っていたり、温泉もよくって、かなり楽しめました！

明賀屋本館

長い木造の階段をおりていくと、川の中に露天風呂が現れる。かなり野趣あふれていて、気持ち良かった〜。AM6〜8時は女性専用タイムで、のーんびりできました。

本当に川とくっついてるから、夜にあやうく川に入っちゃいそうになりました…。

◆myogaya9.com◆ ※創業320年の旅館。

"スマートボール"。16コの玉をはじいて、縦・横・ナナメに4つ並べると、さらに玉が出てきて…長く遊べる。木の台＆石の玉がシブー。

あっ、クソ！

こないだ"テーアイエム"が来たよ

…とおばあちゃんが、TVの取材で訪れたTIMのゴルゴ氏の写真を見せてくれた。

みんみん

水餃子 6コ220円

ツルツルしてて口ざわりがいい♡焼き餃子もパリパリ、ほどよい肉汁がジワッと出てきて…うまい!!

帰りに宇都宮で餃子を食べました。駅ビルのみやげ物店で"餃子マップ"をゲット、通りすがりのおばちゃんにおすすめを聞いて、老舗「みんみん」へ。何店舗かある中、本店は内装も古くてシブイ。おっちゃん達に混じって、女子高生がフツーにギョーザ屋で寄り道している図は、けっこう衝撃的でした。

◆(本店)minmin.co.jp◆

GOODS

※ 馬グッズ IN 上海 ※

10月に訪れた上海。文具屋街の福州路には2002年の干支、馬グッズが勢揃い♡3Dカレンダーにキンキラカード、かっこいいのをたくさん買い込んできました。

でかすぎるのが玉にキズ

ファンシーショップで見つけた、中身がビーズのぬいぐるみ。

カード

15元(225円)

これは新宿の「BEAMS」で。シッポをひっぱるとメジャーが出てくる。2000円だったかな？

PACKAGE

※ ストローの袋 ※

夏に編集のIさんとカフェで打ち合わせをした時、彼女のストローの袋コレクションを見せてもらいました。もう目からウロコ、ストロー袋のかわいさには今まで気がつかなかったよ！改めて見ると、けっこういろんな柄があるのです。こんなところに目がいくなんて、素敵だ…。

コーヒー命だからちっとも集まらないけど、さっそく真似っこさせてもらってます。

※ パリみやげ ※

パリに留学中の後輩、かよちゃんが一時帰国。パッケージみやげをいろいろ持ってきてくれました。スーパーを歩けば、かわいい物がウヨウヨあるんだろうね。

ヨーグルト

牛乳パック

これは中身も、おいしいマロンペースト。ヨーグルトに入れたり、トーストにぬったり。トレードマークはなんか迫力のあるマロン・マン。

SHOP

※ CHECK→CHECK ※
（吉祥寺）

大学時代の友人夫妻が、カフェ＆ペットグッズのお店を始めました。開放的な店内、固定されたテーブルの脇にはリードをつなぐポール、ペット用のデザート、ペットと一緒にお茶の時間を楽しめる工夫がたくさん凝らされています。

犬の完爾と鈴、猫の雪え丞、の3枚看板＆オーナー夫婦ともどもフレンドリー、明るい店内は妙に落ち着くので、ペットのいない人もくつろげます。吉祥寺をお散歩がてら、遊びに行ってみてください。

◆check-check.jp/top.html◆

サンドイッチプレート等のランチもあります。

超なつっこいオレンジI・セッターの完爾
首輪や帽子、コート、おしゃれなグッズが充実。

犬に服を着せるなんて……と思っていたのですが、冬場にぶるぶる震えている実家のももを見かね、姉がフリースのプルオーバーを着せてあげたら——本人、大よろこび！しかもカワイイものだね…。

COLUMN＊1

きっかけは‥‥

　一冊目の単行本『絵てがみブック』は出せたけれど、なかなかイラストエッセイを描くようなお仕事はやってきません。当時は、依頼はなんでも引き受けよう！　と決めていて、健康雑誌でゴルフのフォームの図解、ティーン雑誌で性のお悩みの挿絵、なぜかYMOの似顔絵を描いたり。どこで次の仕事の縁がつながるか分からないし、苦手意識のある仕事こそ勉強になる‥‥‥と、必死に取り組んでいました。

　女性誌の占い特集で大量に手相のパターンを描いたことがあり、その占い師さんが、ご自身の本の挿絵に私を指名してくれました。再び膨大な数の線を描きまくったわけだけど、そのときに出会ったのが編集・H氏。今では、PC音痴の私に代わり、お仕事情報などを載せたサイトを更新してくれている方です。

　手相の本の挿絵の打ち合わせのために、喫茶店で待ち合わせたH氏。ぶっといネクタイをしめたそのおじさまと（35歳だったけど）、その後一番長くコンビを組むことになるとは思いもよりませんでした。そのとき名刺とともに渡したのが、プライベートで訪れたベトナムのことを書いた、マーマリング・トーク15号（P5）。ほどなくしてH氏からもらった、「ベトナム旅行の本をつくりませんか？」という夢のような提案。大好きなベトナムを、夢中で食べて歩いて書き上げた『ベトナムで見つけた』は、今も特に思い入れの深い1冊です。

　はじめての個展に単行本、旅の本。小さな新聞が、いくつもの大きなチャンスや出会いを連れてきてくれました。

MURMURING TALK
vol.22 ✤ 上海を歩こう

JUNE 2002

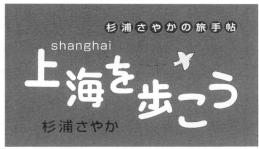

2002年6月20日発売
ワニブックス（定価 本体1300円＋税）

BOOK

※ 杉浦さやかの旅手帖
上海を歩こう ※

杉浦さやか・著（ワニブックス）

定価（本体1300円＋税）

トイレが汚いとか、公共のマナーなど存在しないとか。ハードなイメージがつきまとって、憧れながらも二の足を踏んできた中国。
2001年3月、香港に行くついでに、5日間だけ組み込んだ上海旅行が、この本を作るきっかけになりました。

昔まんがで見た未来都市のようなビル群、南京路のギンギラネオン。いたるところで伸びゆく中国のパワーを、時には「やりすぎ」だっつーの！というくらい見せつけられました。

そうかと思うと、何本か裏の路地では洗濯物がはためき、おばあちゃんたちがのんびり日向ぼっこをする。何十年も変わらない風景がくり広げられている。
私が上海を気に入ったのは、ミーハーとノスタルジーがコテコテに共存する、そんな二面性を持つ街だからかもしれない。
ワケわかんなくて、おもしろいなぁ！って。

それから屈託もない笑顔を
向けてくれる、かわいい人にも
たくさん会うことができました。
上海っ子は好奇心むき出し、
買い食い大好き、集まるの大好き、
あきらかにラテン系な
人間くさーい人たちで……。

今回の本はそんなおもろい上海に新たに3週間ほど滞在して、歩き倒したお散歩のレポートです。
おもちゃみたいな街を、一緒に歩いている気分を味わってもらえるといいな、と思いつつ描き上げました。

souvenir from SHANGHAI

またまた、ごってりチープなみやげ物を買ってきました！
本についたアンケートはがきを送ってくださった方の中から10名様に、特製おみやげパックをプレゼントします。
ふるってご応募くださいね。

✦ CINEMA ✦

✲ 上海アニメーションの奇跡 ✲ 於・ユーロスペース

上海動画の5本立て。水墨画が動くなんて…どんなだろう！？と非常に楽しみに観に行ってきました。
ふわふわと不思議な浮遊感、ゆったりとした時間の流れがすごく気持ちよかった！

最小限の要素で表現された、水の中を行く水牛。動きが生き生きしていて、力強い。

『牧笛』('63)
『鹿鈴』('82)

バンビと少女の友情物語！やっぱり、こういうただただラブリーなものは、観ているだけでしあわせ。お約束のストーリーなのに、繊細な鹿と少女の表情にジーンときてしまった。
上は切絵の『猿と満月』♡

EXHIBITION ✦

✲ こどもの世界〜ひな・きもの・おもちゃ展 ✲
於・江戸東京博物館(両国) 2/26〜4/7

江戸から昭和にかけての、こどものくらしや行事に関する品々を集めた企画展。千代紙、犬張り子、双六、色とりどりの着物、ドロップみたいな色の洪水にとぼけた表情の動物たち…やさしい絵とテキスタイルの数々に、思わずにっこり。あんな空気のイラストが描きたいなぁ。

きせかえ人形の洋服を描くのが大好きだった。自分用だけでは飽き足らず、2コ下の仲良しなっちゃんにもどっさり作ってあげてたっけ。きせかえ作りは小6くらいまでやめられなかった。このペーパーの表紙で久々に作って — やっぱり楽しい！

展示にはひな人形が勢揃い。長崎ではひな祭りに "桃カステラ" が出回るんだってね。今年長崎出身の編集Mさんにおすそわけをいただいて、初めて知りました。カワイイわぁ。
◆松翁軒◆shooken.com

味も色もあまい、シュガー・コーティング♡

人形がコワイ、大正期の衣装替人形

※両国・味さんぽ※

『こどもの世界展』の帰り、両国をブラブラしました。

伊せもと (いせもと)

初めてどじょう鍋を食べました。こちらは6代続く、深川でも老舗の店なのだそう。「生臭そう…」と心配だったんだけど、やわらかくて食べやすくて、おいしーい！ ねぎをどっさり入れて、煮込みすぎないうちにサッといただきます。大人って楽しいね。

丸鍋　1人前・2000円

「伊せもと」は閉店

両国とし田 (和菓子)

"両国焼き"は人形焼き風のこしあん饅頭。もなかはつぶあん。両国みやげはコレでしょう。

◆ members2.jcom.ne.jp/toshida ◆

紙袋のイラスト

EVENT

※『渡る世間は鬼ばかり』※
1年間頑張りますフェスティバル
於・日本橋高島屋　3/27〜4/8

昨年の夏に続き開催された、鬼フェスタ。行ってきましたよー。「幸楽」ラーメンを食べに！ ホウレン草、ワカメ、メンマ、ゆで卵、ナルト、ネギ、チャーシューのった、まさに"中華そば"。600円也。デパートの食堂味で、悪くない。しかし実際、あんなすぐにケンカのおっぱじまるラーメン屋なんて、絶対ヤダ。

どんぶりも買っちゃった

鬼グッズってたくさんあるのねぇ。友達に鬼Tをゲット。これちょっとかっこいいね。ミニサイズがあったら、海外旅行中限定で着たいかも…。

「おかくら」で大吉と記念撮影、なんてコーナーも。

その後幸楽れんげもゲット。どんぶりと一緒に愛用中。

EXHIBITION・2 +

＊ I LOVE RUNE 展 ＊
於・depot（中目黒）4/29〜5/11

イラストレーターの森本美由紀さんが発起人の"RUNE DOLL ASSOCIATES"による、内藤ルネさんのトリビュート展。ビビッドで、ファンシーで、ソウルフル！なルネワールドが再現されて、元気の出る、楽しい展示でした。

ルネさんデザインのラブリー♡ドールがズラリと並ぶ。

イラストレーター高田理香さんによる、コマドリの人形アニメ（かわいい!!）の上映も。

ルネさんがイラストレーターとして大活躍している、'50〜'60Sの『ジュニアそれいゆ』『それいゆ』は、もちろん私も大ファンです。一時期は古本屋さんや骨董市で、一生懸命買い集めていました。私の宝物！

この表紙を、人形作家の宇山あゆみさんが「よくここまで！」というくらい、キッチリ再現。

バンザイ！弥生美術館で、7/4（木）から9/29（日）まで『内藤ルネ展〜ミラクル・ラブリー・ランド〜』が開催されます。"RUNE DOLL ASSOCIATES"のお人形も展示されるそうです。それから、河出書房新社より画集が同時発売。うれしい!!
◆弥生美術館（根津）◆ yayoi-yumeji-museum.jp/

森本さん作のオードリー人形

学生時代の憧れ、森本美由紀さん。2015年7月に、弥生美術館で回顧展が開かれました。目録本『女の子の憧れを描いたファッションイラストレーター　森本美由紀』（河出書房新社）

黄色いカゴ　7800円

メキシコ製のキャミソール

「depot」の並びの「FILM」でお買い物。オリジナルとビンテージの洋服と、大充実の小物がカワイイ。

プラスチックの花ピン　600円

✂ 「depot」も「FILM」も閉店。

＊ ビーズのユビワ ＊　　GOODS +

姉がビーズ・リング作りに熱中していて、よく作ってもらいます。生まれっ子・いっちゃんがそのハハの真似をして作ってくれたユビワが、今一番のお気に入り。大人には到底思いつけない、斬新でポップなデザイン！

▽工作大好き、な6歳児。ユビワはプレゼントかと思いきや、袋に「1800円」なんて書いてある。「いっちゃん高いよ〜」と抗議したら、「じゃあ、150円！」って一気に下がったけれど。

仮面ライダー　龍騎だよ

白メインにところどころカラフルなビーズ

紺水色

蛍光みどりの角ビーズ。スペーシーなカンジ。

JUNE 2002

COLUMN＊2

ひなまつりのお菓子

金沢で盛んな砂糖菓子「金花糖」

近所の店では2月の初旬に出て、すぐに売り切れちゃう。

2個入り 1155円（松翁軒）

"EXHIBITION"のところで描いた桃カステラを、今年は友達にいくつか配ろうと思い、取りよせてみました。
友達の子どもに"もも"のつく名前の8歳の女の子がいて、その子にあげたかったのがきっかけ。ああ、やっぱり色といい形といい、なんてかわいいんだろう…。

飴のかご盛り

この時期デパ地下を歩くと、色とりどりのひなまつりのお菓子が並び、とても華やかで目に楽しい。
パステルカラーの干菓子、ゼリー菓子、ひなあられ。食べるのももったいないきれいなお菓子をちんまり買って、お茶うけにします。

ああ、女の子に生まれて よかった！

シュガーコーティングの部分はか〜なり甘い…！

でもこういうの、子どもはあんまりよろこばないかもね。

一時期「マーマリング・トーク」の書籍化をめざしてはじめたweb連載のコラム（P.32、38も）。2005年3月

MURMURING TALK
vol.23 ✹ 東京ホリデイ

APRIL 2003

東京ホリデイ

PARIS ホリデイ

Chez kayo

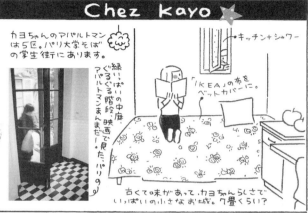

カヨちゃんのアパルトマンは5区、パリ大学そばの学生街にあります。

→キッチン+シャワー

緑いっぱいの中庭、ぐるぐる螺旋、映画で見たアパルトマンまんまだー！パリ9

「IKEA」の布をベッドカバーに。

古くて味があって、カヨちゃんらしさでいっぱいの小さなお城。7畳くらい？

執事が佳境に入る前に、4泊6日で（正味3日半…）パリに行ってきました！留学中だった後輩のカヨちゃんが帰国することになったので…あわてて遊びに向かったのです。

カヨちゃんはイラストを描いたり、紙もの雑貨を作ってる。

新聞"ボンジュール・ジャーナル"

メモ帖

✂ カヨちゃん＝イラストレーターのすげさわかよさん

Marché aux puces

時間がないながらも、3大蚤の市は制覇。

✹ Montreuil モントルイユ ✹
〈Ⓜ Porte de Montreuil 土・日・月曜〉

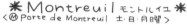

アメリカのじいちゃんみたい！

アラブ、アフリカ、移民でごった返すカオスな市。拾ったもん、盗ってきたもん並べてる？といったガラクタ・泥棒市風情がたまらない。
食器なんかもきたないんだけど、すごく安い！

巨大ボウル 2€（250円）

ベージュ・茶のココット皿

お店の人が見当らずキョロキョロしてたら、おじいさんがスーッと来て、勝手に売ってくれた（絶対関係ない人）まぁ…いいか 2€（250円）で売ってくれたし…

5€（625円）

5足 1€

✹ Vanves ヴァンヴ ✹
〈Ⓜ Porte de Vanves 土・日曜〉

いわゆるスタンダードな蚤の市で、ここが一番見やすかった（最大規模のクリニャンクールは常設店が多い）。

商品の上でくつろぐわんこ

1€のキーホルダー

陶器のレリーフ。はしおきにしようかな。

モントルイユのメインは生活雑貨の出店。パジャマ、下着のタタキ売りの山から、ラブリーなナイティを発掘。1枚2€（250円）

1€ ＝ 約125円（2002、11月現在）

Bouquinistes ★

ヴァンヴのそばの古本市も覗きました。ビジュアル本、絵本は豊富だけど、値段は高めだったなー。

絵本屋さんの
にこにこ・ムッシュー

'50年代のABCブック
折り紙の本 2€

※ Marché du Livre ancien et d'occasion ※
< Ⓜ Porte de Vanves 土・日曜 >
Brancion通り。市の裏はジョルジュ・ブラッサンス公園。

市のおむかい、同じBrancion通りの「Max Poilâne」は人気のパン屋さん。大きなアップルパイを買い食いしました。おいち♡ 1.95€

Le repas ★

ワインをたくさん飲んで、たらふく食べまくった中…特においしかったのが、チープな軽食。

※ Crêpe ※

クリニャンクールの蚤の市のクレープ屋さん。ブルターニュ地方の帽子をかぶったナイスガイが、そば粉のクレープを軽やかに焼いてくれる。

卵ハムチーズ入りボリューム満点！

3.95€ (494円)
行列が絶えなかった。
< Jean Henri Fable通り沿い >

※ Fallafel ※ ファラフェル

ヒヨコ豆のコロッケを野菜といっしょにピタパンにはさんで、ユダヤサンド。スパイシーでうまい！

「L'As de fallafel」
< Ⓜ St-Paul Rosiers通り >

～ Petit voyage ★

※ Trouville = Deauville ※

列車でトゥルーヴィル・ドーヴィルに遠出。トゥルーヴィルはポスター作家のサヴィニャックが暮らした街。駅の西側、ドーヴィルは映画『男と女』の舞台としても有名なリゾート地です。

Torouville
サヴィニャックの絵でいっぱいの、のんびり静かな町。川沿いの通りにはシーフードレストランが並ぶ。
「LES VAPEURS」

ワォ、生ガキ！しかしこのカキにあたり、帰り道のメトロのホームでしばらく死ぬことに…。
< 160, quai Fernand-Moureaux >
カードもメニューもサヴィニャック。

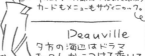

Deauville
夕方の海辺はドラマチック。かっこつけて歩いて、気分はアヌーク・エーメ。

ノルマンディの広い海岸線の海

カヨちゃんはサヴィニャックの大ファン。ちょうど亡くなった直後でお墓参りもしました。
< サン・ラザール駅から2.5時間 >

Les souvenirs ★

蚤の市を回って食べて飲んで、一日遠出したらもう帰国！それでも、いろいろ買いましたよ～。

※ Monoprix ※

スーパー「モノプリ」でチーズやら雑貨やら…。
ツリーのオーナメント 2.5€

赤黒のショッピングバッグ
10.58€ (1323円)
ピンクのパジャマ 30€ (3750円)

30€
25€
マレにあるおしゃれ雑貨店「CASO」(1～3 rue Elzévir)のアフリカ布のバッグ、かなりお気に入り。

※ Aéroports ※

シャルル・ド・ゴール空港で最後の悪あがき。

「St.ジェームス」の…エッフェル塔くん 5.5€
タコ！22€
生成×茶

APRIL 2003

東京ホリデイ
散歩で見つけたお気に入り
文と絵/杉浦さやか
（祥伝社黄金文庫・税込750円）

『お散歩ブック』（KKベストセラーズ）を出版した時、思い描いたのが「いつか自分のお気に入りスポットばかりを集めた散歩の本を作りたい」ということ。それから4年、その夢がようやくカタチになりました。

箱欲しさに半生菓子を購入。中も外もうっとりするくらい美しい。
ゼリー
干菓子

人込みが苦手、古いサビ・スポットが好き、出不精、などの一身上の都合により、ちょっと片寄ったセレクトになりましたが—ワールドカップ真っ只中の6月の浅草から始まって、春物が出始めた2月の代官山まで"8ヵ月。1日歩き回っては原稿に起こす、ウキウキと浮き足立った日々を過ごしながら、どんどんと220ページを描き下ろしました。

"ヘセキグチドールハウス"
"ガラガラ"
発色、色合いが美しいなぁ。

銀座、谷中などの王道から、地元吉祥寺＆西荻窪、問屋街、古本街、小さな美術館、博物館、もちろんビールスポットも♡

"リボン人形"

古いお店が好きなぶん、今はもうないお店がたくさん。読み返すとさみしく、懐かしい。右ページの「マサコ」と「李白」も閉店。

取材★こぼれ話

特に印象に残ったのが、初めて訪れた築地の魚市場。見たことない乗り物が走り回ってるわ、圧倒されるスピードと活気でみなぎっているわ…。東京でもっともパワーを、アジアを感じる場所！ベトナムで市場の迫力に感動したものですが、こんな身近にも、まったく引けを取らない市場があったのねぇ。なにより、場内で食べたお寿司がうまかった！！

"ターレ"という呼び名の、小型三輪トラックが猛スピードで行き交う。
ちゃんとナンバーももってる

長年の夢がかなったのは、有楽町のガード下で飲んだこと。

等々力渓谷、雪月花にて。
打ち合わせ？

友達を誘ってお散歩するわけですが、担当の萩原さんにもずいぶん付き合ってもらいました。紅葉の等々力渓谷で、バラの盛りの日比谷公園で…取材を兼ねて、風流な打ち合わせを重ねたものです。

10歳で兵庫県から引っ越して、東京暮らしももう21年。
旅に出て散歩して、どんなにその街を気に入っても、
やっぱりおうちが一番。 私にとっては どこよりも
落ち着く、大好きな"東京"をご案内します。
コンパクトな文庫版なので、持って歩いてもらったり、
おうちでゴロゴロ読んでもらったり。 ホリデイ気分を
満喫してくださいね。

〈下北沢 マサコ〉
名物あんトースト。
おいしいのよ。

続きが気持ちいい店先。
ここから店内に活けられたものも。
〈神保町・李白〉

ベトナムで見つけた
かわいい☆おいしい☆安い！
（祥伝社黄金文庫・税別713円）

こちらは'00年の発行。
雑貨店オーナーの友達と
買いつけしながらまわった、
ベトナムの街・人・物を
イラストと文で描き綴っています。

既刊のもう1冊もよろしく！

旅の相棒・ひろみちゃんの店「WC'WD」は、結婚を機に
'02年に閉店。その跡地に、素敵なショップがオープンしました。

TUFT

気さくで明るい！オーナーのしのぶさん。

'50〜'80年代のアメリカ、
ヨーロッパものを中心に、ちょっと
お姉さんテイストの上品な
古着、インテリア雑貨が
並びます。

私は白×黒の
パンプスを
購入。
7900円

一緒に遊びに
行ったひろみちゃんは、
珍しい木柄の
「パイレックス」
のボウルを購入。1コ6800円

前の状態をよーく
知ってる分、そのモダン
な変身ぶりにビックリ。

「TUFT」は閉店

〈高円寺アイ〉〈南口〉
漢方薬
トリアノン
here!

JR「高円寺」徒歩3分

COLUMN＊3

その後の東京ホリデイ

　この本の最初のほうは2000年代はじめの記事なので、もうなくなってしまったお店がとても多い。今回お店の情報を確認するにあたり、さみしく感じたものですが、それは『東京ホリデイ』を読み返しても同じ。まだ表参道に、同潤会アパートが残っているころの本だもんね（2003年に解体）。若者の街は特に移り変わりが激しく、代官山や下北沢は、とりあげたお店の多くが閉店してしまいました。

　古いお店は、浅草なんかはほとんどのお店が現役続行中と頼もしい限りだけれど、神保町の「柏水堂」や日比谷の「三信ビル」など、なくなってしまったところもいくつか。街が生きている限り仕方のないことと思いながらも、美しい昔の建物やお店がどんどん消えていくのは切ないもの。つるっとしたきれいな場所ばかりが増えるのではなく、いつまでもごちゃごちゃと雑多な東京であってほしい……。

　なくなったときに後悔しないように、行きたい場所にはできる限り足を向けて、記憶だけじゃなく、絵と文でとどめておきたい。そうしていつか、『東京ホリデイ』の第2弾を出すのが私の夢です。

1929年築の三信ビルディング（2007年解体）。吹き抜けのアールデコ風アーチが美しかった。アンテナもかっこいい！

MURMURING TALK
vol.24 ❋ おしゃべり12ヵ月

JULY 2003

おしゃべり12ヵ月

文と絵/杉浦さやか
大和書房・刊 1400円

プライベート新聞をまとめた『マーマリング・トーク』(二見書房)以外は、今までの著書はすべて書きおろしで出版してきました。
今回はちょっと毛色の違う、今まであちこちの雑誌などで描いてきたイラストエッセイをまとめた本です。

通信教育の付録冊子や保育園向けの絵本雑誌、書店には並ばない媒体で描くことも多かったから、あらためて見てもらえる機会ができたこと。それから今年の5月で仕事を始めて丸10年ということもあり、大げさながらちょうど節目にこのような本を出すことができて、とてもしあわせに思います。

'95年12月に開いた、初めての展覧会の作品も一緒に収録させてもらいました。
※ また日の目を見るとは思ってなかったので、以前の著書に部分的に載せたものもあります。

一年を通じての連載では季節の話を取りあげることが多くて、自然と"四季"がこの本のテーマになりました。
季節の匂い、色、空気。私の生活にも絵にも、とても大切な季節のあれこれがつまっています。
さらに散歩、旅、手紙、映画の話もくっついて、またまた目まいのするほどのボリュームなので(今まででナンバーワンかも!)、すっきりオシャレな本もいつかは作りたい…)、のんびり少しずつ読んでいただけるとうれしいです。

EVENT

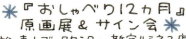

※ 『おしゃべり12ヵ月』
原画展 & サイン会 ※
於・青山ブックセンター新宿ルミネ2店

青山ブックセンターでは今まで
2回ほど原画の展示をさせて
いただきましたが、なんと今回は
無謀にも……サイン会を
開いてしまいます！

うゎー。大丈夫なのでしょうか……？
お時間のある方は、どしどし遊びに来てくださいねー！
当日は発売記念のしおりや
『マーマリング・トーク』のバックナンバー
などを用意して（数に限りが
あります）、お待ちしております。

オマケ
10年前の初仕事。
ベネッセコーポレーション
『すくすく小学生』の
カット1点！

🐤 サイン会 🐤
日時 ※ 8月2日（土）14時〜1時間半くらい
場所 ※ 青山ブックセンター 新宿ルミネ2店
　（JR「新宿」南口を出てすぐ左、ルミネ2の4F）
青山ブックセンター新宿ルミネ2で『おしゃべり12ヵ月』を
ご購入の先着100名様に整理券を配布しています。
原画展は7月19日（土）〜8月9日（日）入口展示スペース

CAFE

※ 談話室滝沢（新宿）※

ここには前から来たかったんだー。
抹茶色のソファが並ぶ広い店内には
池があって、錦鯉まで泳いでる！
「喫茶室ルノアール」に似てなくもないけど
哀愁の昭和臭はなく（あれはあれで好き）。

小津映画にでも出てきそう
な楚々とした雰囲気。
一緒に行った友達ともども、
相当気に入りました！

コーヒー・紅茶、飲みものは
1000円！でもケーキセットに
しても1100円なの……ケーキ100円？

正しい日本の
チーズケーキ！
けっこう美味！

ハァー落ち着くよ。何時間だって
いられそう……

閉店。
滝沢レディに会いたい……！

JULY 2003

MARKET

※東郷神社・骨董市※

小雨のパラつく中、今回はかなりの掘り出しものを発見！昭和30年代のお手製のスクラップブックです。作り主はかなり几帳面な女性と思われ、デパートのシールやマッチラベルなどが整然と美しく並んでいます。

三越のクリスマス包装紙と千代紙で表紙もコラージュ。

4500円→3800円

楽しい、モダンなラベルを眺めてはにっこり。宝物の一冊！

1ページ全部イセタンシールなんてのも。

この日は小ぶりの乙女茶石宛も購入。1P300円→6P1000円

裏にすかし番号が入ってるのは、戦中製の証なんだって（軍の工場の番号）。

✂ 現在東郷神社で骨董市は開かれていません。

もちろんすぐに真似してスクラップ日記をつけ始めましたよー。ちょこちょこ絵や文を書き込んじゃって、同じように潔くはレイアウトできないけど。

SPOT ※三鷹の森ジブリ美術館※

雑誌『MOE』8月号でこの夏のジブリイベントのルポを描いて、5月は私にとってジブリ月間でした。それまでほとんど縁がなく、『ナウシカ』も『ラピュタ』も取材前に初めて観たくらいで‥‥この2本がビックリするくらい とってもよかった。「知らなかったよ宮崎駿!!」と失礼にも今さら感激したのでした。

取材でバタバタッと走り見た美術館も、後日ジブリ好きの友達と遊びに行ってきました。なんてったって、うちから徒歩10分だからね。ラピュタ展のショートフィルムと、屋上のロボット兵がよかったな。

♦ ghibli-museum.jp ♦

レストランは"食いしんぼうのカツサンド"と、こだわりの生ビールがおいしい！

CAFE

✳ EATS（原宿）✳

東郷神社の骨董市の帰りにお昼を食べました。メキシコチック＋無国籍なインテリアがすっごくかわいい。原宿の喧噪から少し離れたところにあって、のんびりできます。

デリ3品とスープつきで1000円。エジプトのギリシャサラダ、ギリシャの煮こみ…味も無国籍！

トルティーヤプレート

紙のフラッグがカラフルにぶら下がる。

かわいー

「EATS」は閉店

EVENT2

✳ 田村セツコ＆水森亜土展 ✳

於・弥生美術館（4/3〜6/29）

期間中に2回開かれた、田村セツコさんのお茶会トークショーに参加してまいりました。ポプラ社の『赤毛のアン』。お姉ちゃんの持ってたノート。夢見がちでうれいのある少女像がずっと大好きでした。

展示にあわせて発売された『少女時代によろしく』（河出書房新社）

ご本人もイラストのまんまの、かわいらしい方なのですよ。

原画を見て、ケーキを食べつつお話を伺って、本にサインしてもらって帰りにはおみやげまで…大満足で家路につきました。

SETSUKO サイン 凝ったー

おみやげのマグカップ

セツコ先生といえばパフスリーブ！

リボンいろいろ

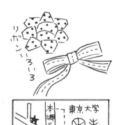

SHOP

✳ SCOS（本郷）✳

弥生美術館から東大をつっきって、こだわり文具店「SCOS」も覗いてきました。時間がなくて…もっとじっくり探したかった。小さな店内の天井から床まで、ヨーロッパのステーショナリーがぎっしり。おもしろいものが見つかりそう。

◆scos.gr.jp

シンプルなフォルム・シール。色もきれい。（フランス）

馬シール（ドイツ）

COLUMN＊4

パレスサイド ビル

2005年1月

MURMURING TALK
vol.25 ✻ はじめてのハワイ

JUNE 2005

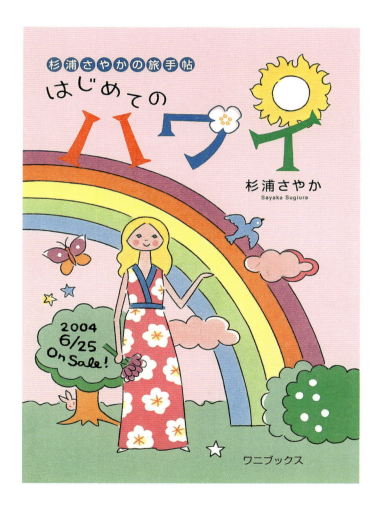

はじめてのハワイ

ハワイで印象深かったのが、庶民の軽食・スナックフード。屋台みたいなB級感が好きで、味は——東京で食べるほうがおいしいのね〜。

FOOD ★

＊ ハワイの味 in TOKYO ＊

AINA（渋谷）

ハワイ風にありがちな作りものっぽさが一切ない。なにもかもが馴染んでいて、大人がゆったりとくつろげる素敵なお店！

ハワイのラーメン"サイミン" 840円

ほどよい醤油味の シンプルなスープと、 シャキシャキもやし、 紅ショウガが あいまって…美味 でした♡

コナの地ビールも飲める。

「AINA」は閉店

KUA AINA（青山）

オアフ島・ノースショアで生まれたグルメバーガー。ドライブがてらハレイワの1号店で食べました。

日本のは、ごまの風味が香ばしい オリジナルブレッド。肉もジューシーでおいち〜

アボカドバーガー 980円 アゴがつかれる… ギュッとつぶして食べるのがコツ

Tsunami（恵比寿）

ワニブックスのそばにあり、担当・ゆきちゃんと訪れるハワイアン・ダイニング・カフェ。落ち着いた雰囲気で、とにかく居心地がよいの。

ローカルフードの代表"ロコモコ"は、半熟目玉焼きがのったハンバーグ丼。980円 味の決め手のグレイビーソース。

◆tsunami.co.jp◆

隠れ家みたいな ロフトスペース

YUKI

缶詰めのハムがのった"スパムむすび" 300円 ロコモコ同様、日系人が考案した ものなんだって。

BOOK ★

＊ ハワイ島アロハ通信 ＊
文・絵／平野恵理子
（ちくま文庫・絶版）

12年前、奄美大地人々タトのハワイがあることを、この本ではじめて知りました。ハワイ島・ヒロを中心に、魅力的なオールドタウンが愛情たっぷりに描かれています。

▶ノスタルジックな ダウンタウン・ヒロ。

現役の 映画館。

MUSIC ★

✲ On and On / ジャック・ジョンソン ✲

(03.6/19リリース/ユニバーサル)

オアフ在住の元プロサーファーが、17才の時に海で頭をケガをしてもう波に乗れない…と音楽の道へ方向転向したのだそう。

本の色ぬりをしている間ずーっと聴いていた1枚。取材旅行の同行者、ポンが勧めてくれたのが最初でした。アコギのやさしい音色と甘いボーカルが、遠いハワイの心地よい風を思い起こさせてくれて…快調に筆が進むのでした。

入稿間近のつめつめ切羽詰まった時期はレッチリ三昧で怒濤の日々を過ごし──
ひと段落ついて、今聴いてるのはコレ──

✲ DONAVON FRANKENREITER / ドノヴァン・フランケンレイター ✲

('04 5/26リリース/ブラッシュファイヤー・レコーズ)

ジャック・ジョンソンの主宰するレーベルからメジャーデビューしたこの人も、カリフォルニアのサーファーなのだそう。より素朴で骨太で、でもやはりやさしい音で、すんごく気持ちよい！ ジャック・Jと唄う「FREE」も収録。夏です。

EVENT ★

✲ 杉浦さやかとすげさわかよの スーベニール展 ✲
at COCO de CO (目白)
'04年 1/28(水)〜 2/12(木)

↑渋い家具はギャラリーのもの

「coco déco」閉店後、古民家カフェ「花想容」が営業しています。

久々の展覧会を、友人のかよちゃんと開きました。テーマは共通の趣味である"おみやげ"！ おみやげに関する2人の作品を展示して、持ちよったとっておきのおみやげもあちこちに点在って、なかなか楽しい展示になりました。

大正時代に建てられた民家を、そのまま利用したギャラリースペース。縁側からぽかぽかと日ざしが入り、かわいい庭があって…。住みたーい！

私の描きおろしは豆本のみ。'03年にもらった、あげたおみやげについて描いた60ページ。いずれ本に収録するつもり…。✲

✲『えほんとさんぽ』(P45)に収録

カラーページがぐっと増えました！

はじめての ハワイ

絵と文／杉浦さやか
（ワニブックス・税込1,365円）

前作『上海を歩こう』から2年。ようやく！のシリーズ第2弾です。私とハワイなんて、我ながら想像もつかない組み合わせでした。どうしても"正月明けのワイドショー"の刷り込みが強すぎて…。

ところが旅先をあれこれと考えていた時に、友達が冗談で言った「ハワイにでも行けば」という一言に、ピンときてしまったのです。ベタベタな観光地じゃないハワイがあることは数年前に友人から聞いていて、その時に「よっぽどのきっかけがない限り行かないだろうけど…実外すごく好きになったりして」なんて、ぼんやり考えたことを思い出したのです。今がそのよっぽどのきっかけなのでは？！こうして半ば勢いで、タイトル通りの「はじめてのハワイ」行きを決めたのです。

おすもうさんマーク！
ハワイのめんこ"ポグ"。スワップ・ミート(FM)で夢中になりました。

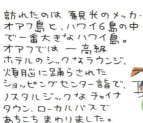

本場は……のシンプルさ……「めし！肉！卵！」以上！

訪れたのは観光のメッカ・オアフ島と、ハワイ6島の中で一番大きなハワイ島。オアフでは — 高級ホテルのシックなラウンジ、煩悩に踊らされたショッピングセンター詣で、ノスタルジックなチャイナタウン、ローカルバスであちこちまわりました。

ハワイ島 コナ・コーストのお気に入りの道…

$5.25 Banana Pancake　Saimin $3.75

▼オアフ・アラモアナの「リケリケ・ドライブイン」にて

ワイキキのクラシック・ホテル「ザ・ロイヤル・ハワイアン」のエントランス▶

ハワイ島では — オールド
タウンの点在するコーヒー
ベルトを車で走り抜け、海ガメと泳いで、
キラウエアの溶岩原野をハイキング…。
朝から晩まで相当ハードに動きまわっていた
けど、3週間ずっと元気に、ゆったりした
気分で過ごすことができました。
取材旅行というと、毎回一度は寝こむのに。

単純に、気候がいいってすばらしい。
青空の下で海風に
吹かれて、ヤシの葉が
さらさらと流れる音を
聞いていれば、
たいていのクヨクヨは吹き
飛んでしまうものですね。

古ぼけたかわいい
風景やもの、やさしい笑顔に
たくさん出合えて、楽しい旅でした☆

子どもとお年寄りの
アロハ姿が好きだ。

デッドストックの
鍋つかみ $3

出版記念 ★ 原画展のおしらせ

✳『はじめてのハワイ』原画とおみやげ展
at 青山ブックセンター本店 ギャラリースペース

7/5(月)〜7/29(木)
10〜22:00 (最終日〜19:00)

原画とともに、ハワイみやげ
も賑々しく展示します。

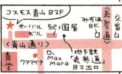

✳ Pink Hawaii
『はじめてのハワイ』原画展
at Socks＊Ciao!(吉祥寺)

8/11(水)〜8/22(日)
12〜19:00 (火)休、(月)不定休

お店の壁面を一部借りて、
ハワイで見つけたピンク色の
風景を中心に、原画を展示します。
はじめてのポストカードの販売もある予定!

ハワイ島・コナで見たおうち▶

小玉ねぎのお嫁さん♡
スカートはキャベツ…

Socks ＊ Ciao!

「Socks＊
Ciao!」は閉店。
オーナー・広川さんの
現在のお店は
吉祥寺のギャラリー
「A-things」。
◆ a-things.com

アメリカや北欧のキッチンウェア、ビンテージの
布地、アクセサリー、かわいいアンティークで
いっぱいの雑貨屋さんです。私にとっては
カードや封筒、紙ものが豊富なのもうれしい。

大のお気に入り、フランスの
野菜人形のカードセット

COLUMN＊5

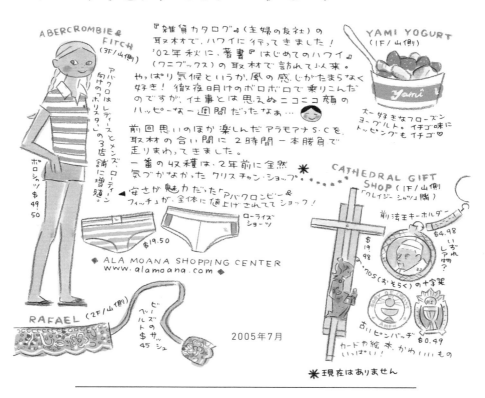

MURMURING TALK
vol.26 ✤ スクラップ帖のつくりかた

OCTOBER 2005

スクラップ帖のつくりかた

オールカラー。ラベルシールの
ふろく付きです。

絵と文／杉浦さやか
(KKベストセラーズ　定価:1300円+税)

2005年10月25日発売

構想約5年…ようやく形に
なりました。今回はあちこちで
小出しにしてきた、ノート作りの
話をまとめた本です。
いろんなものを貼ったり
描いたりしているから、
私のノート="スクラップ帖"
というわけです。

小さいころから、ノートに
絵を描いたり字を書いたりする
時間が大好きでした。
それは今も変わらないこと。
朝起きたら、前日のできごとを
書きとめる。その日やる仕事を
書き出す。電車の中では雑記帖に
向かって考えごと。お出かけしたら
チケットやタグをスクラップ。

朝ごはんのあと、ジムなどの
ラベルをナプキンにそっと宝む。

旅先で集めた
ラベルの
コレクション

お手製ノートの作りかたも
いくつか…

描(か)く
こう(に)

端にテープを貼れば完成!
(貼らなくてもよい)

原画展のおしらせ ★

※『スクラップ帖のつくりかた』原画展※
<At> 青山ブックセンター 本店 ギャラリースペース
<Open> 2005年 11/18(金)〜12/8(木)
　　　10:00〜22:00(最終日〜19:00)

コスモス青山B2F
オーバル　みずほ　交番
ビル　BK　表参道
<青山通り>　地下鉄
青学　MAX MARA B2出口

本に出てくる
ノートの展示も
する予定です。
チェコ&ウィーン
旅日記

そして ノート狂の真骨頂、
旅のガイドノート&旅日記。
本を作る時も専用ノートを用意して、
最初のページに「こんな本にしよう」
という決意表明をしたためることから
すべてがはじまります (シンプルで
すっきりした本にしよう、という誓いは
　　守られたためしナシ)。

フルーツ、野菜シール

イラストや写真でノートの
作りかたを紹介するほか、
「みんなにひかれるかも…」と
少々心配になるほどの
ノート大好き人生を、
赤裸々に語るページなども
あります。

私のイラストの核の部分で
ある、スクラップ帖。
どうぞ覗いてみてくださいね。

お買い物ノート

手帖拝見　❋「手帖、見せてください」❋

…というページを本の中でもうけ、
友人、知人14人のスケジュール帖を
覗かせてもらいました。
同じような業界、30代前後、と片寄って
しまったけれど、それぞれにその人
ならではのこだわりがあり、なかなか
興味深い取材でした。

載せられなかった
けど、イラストレーター・
山田美津子さんの手帖は、
おもちゃの時計をバンドにしてて
かわいかった〜。

レースやタグを
ペタペタ

おしゃれブランドのプレス、さとちゃんの
✿エルメス✩手帖。色とりどりの
ふせんに電話番号を書きこんだ
ページ。まねしたいな。

装丁のこやままたかこさん
のアシスタントさん、
熊谷さんのお買い物
日記。楽しげに、
丁寧に描きこまれてる。

OCTOBER 2005

TRIP ★

本の作業の追い込み中、
小休止に行ってきました。
江の島でビールがメイン
イベントだったのですが、
鎌倉もスェに、ちょっぴりお散歩。

✹ イワタコーヒー店 ✹

昭和23年創業。観光地・小町通りの
喧噪を忘れる静かな、懐かしい店内。
古さ、気軽さ、バランスがすごく好みの
喫茶店でした。

ぶあつくてカステラみたいな
ホットケーキ！表面が
カリッとしててま おいしい。

マークも
かわいいなー

お庭に面したテラス席。
この日は暑くて
座れず、残念！

マッチコレクションに
追加

◆鎌倉市小町1-5-7◆

✹ dois ✹

「カフェ・ヴィヴモン・ディモンシュ」の
2号店は雑貨屋さん。
コーヒーやブラジル関連の
おもしろいものが見つかる。
イラストレーターの木下綾乃ちゃんに、
ここのミニほうきをもらったのが
訪れたきっかけ。カワイイ！

2つで
5500円

カラフルな
バングラデシュ製のかご

1本
158円

赤、黄、紫…
メッセージ入り
ミサンガリボン。
ラッピングに使おうっと。

✂ 「dois」は閉店。「イワタコーヒー店」は
今は行列必至のにぎやかなお店に。

✹ 江ノ電、大好き ✹

1日乗車券"のりおりくん"（580円）
で乗ったり降りたり。はじめて
長谷の大仏（いい！）を見に行き、
目の前が一面海の鎌倉高校前駅
で途中下車。お祭りをやっていた
ので、帰りは江ノ島から腰越まで
ひと駅歩きました。

▼古い写真館や洋菓子店、祭りの夜の
商店街、いい散歩道だったなぁ…。

「江ノ島」‐「腰越」間は
商店街沿いに路面電車
になってます。

古い型の車両は9月
で引退。悲しい〜。

FOOD　　　　　GOODS

☀ 気になる八百屋 ☀

西荻窪に引っ越して、早半年。
商店街には小さな名店が
そろい、最高に住み心地が
いい街です。八百屋さんの
充実ぶりもかなりのもので、
中でもユニークなのが信州産の
品ばかりを扱う「望月青果店」。
季節の一品が尋常じゃない
くらい山盛りに積まれ、
通るたびに心そそられます。

今(10月)はりんご。
しぶりに
コンポートでも
作ろうかな。

▶梅に杏にさくらんぼ、
ズッキーニ。自分でいいのを
選んではかりで計ってレジへ。

9月はプルーン。
ジャムにしてみましたよ。

Prune jam

プルーン500g / 砂糖200g

1 洗って水気をふき、種を
  取って1cm角に切る。
2 鍋に入れて砂糖をまぶし、
  1時間おく。
3 弱めの中火で煮て、アクをすくう。
4 とろっとしたらできあがり！

鉄分、ミネラルたっぷりの
皮ごと煮る。

すっごくおいしい！皮が特に。
ヨーグルトにもよく合います。

🎀 青果店は閉店

☀ シールを買いに ☀

本にも書きましたが、シールが
大好きで、手帖のあちこちに
貼っています。お気に入りの
シール・スポットは、この3つ。

ユザワヤ
画材を買う
ついでにチェック！
チープでかわいいの
が見つかるんです。

◆〈吉祥寺店〉
キラリナ京王吉祥寺店
www.yuzawaya.co.jp

伊東屋
「MRS. GROSS-
MAN'S」のシールは
ここで。
◆ito-ya.co.jp ◆

シルエットシール

写真シールが
好き♡

ドン ボスコ
意外なところで、クリスチャン
ショップ。ここは昔チックな
カードやシールが豊富。
◆donboscosha.com ◆

 フウケ
ロゴもかわいい

素朴な味の
"スペシャルケーキ"
(?クッキー)と
"龍口サブレー"

商店街を江ノ島駅
から歩いて左側にある
洋菓子「フウケ」。
パッケージがかわいくて、
おみやげにぴったり。

🎀 「フウケ」は
閉店したようです

OCTOBER 2005

COLUMN＊6

スクラップ帖ライフは続くよ

さんぽ日記の表紙に貼ったお人形は谷中「ビスケット」のショップカードより。

　『スクラップ帖のつくりかた』に書いたように、長年亡き父の勤め先の会社の手帳を、スケジュール帳として使ってきました。数年前にとうとう在庫が切れてしまい、今は兄に、取引先からもらう手帳を譲ってもらっています。企業手帳のなにがいいって、余分な要素が一切なくて、好きに使えるところ。一ヶ月の見開きスケジュールがあるだけで、あとは全部罫線ページ。備忘録、to doメモ、雑誌で見つけた欲しいものや、気になる情報の切り抜きを貼ったり。移動中も仕事のアイデアを書きつけて、日々活用しています。

　朝起きると一番に開くのは、娘の成長日記。文庫本型のノート（新潮社の『マイブック』）に、前日印象的だった仕草や出来事を描き入れる。スケジュール帳を開いて、今日の予定を確認する。出かけた日は、さんぽ日記に買い物の記録をつけ、ショップカードをペタリ。この3冊が、今の私のスクラップ帖ライフのお供です。

左：さんぽ日記はただカードなどを貼るだけの日も。
中央：スケジュール帳に気になるお店の切り抜きを。
右：絵は1日1つと決めてもついこまかく描いてしまう娘の成長日記。

MURMURING TALK
vol.27 ✱ えほんとさんぽ

MARCH 2006

ソウルでさんぽ

急きょ決まった、ソウル2泊3日の極寒ツアー。周期的に旅の発作を起こす友人Yの完璧なプロデュースに乗っかり、私は飛行機に乗るだけ。出発前日に、2週間前にパスポートが切れていたことが発覚したTを残し…はじめてのソウルへ！

2月上旬は一年でもっとも寒い頃で、最高気温-7℃、最低気温-15℃の世界…！寒さで肌が痛かったけど、妙に気分が高揚して、楽しかったなー。

FRIENDS HOUSE (大学路)

小さな中庭をとり囲む、伝統的な韓国式家屋がステキな民宿。雑魚寝部屋とはいえ、1人1泊3000円は安い。床はオンドルで暖かい。お布団がかわいいの。

※共同シャワー＆トイレ
www.friends-house.com

日本語ペラペラのおばさんが親切で頼もしい！

SHOPPING!

服飾方面で大爆発！

東大門

ファッションビル「ミリオレ」には、小さな店がみっしりつまってる。

朝5時まで営業。まさに不夜城。

明洞

ヤング向けの路面店が密集。中でもおすすめが…

※WHO.A.U※

バリバリのにせ・アバクロンビー&フィッチ・エスプリがきいてて(?)、清々しくもある。柴もちゃんとブルース・ウェーバー風。

フツーにかわいい服も。

ガルシアマルケス、キャシャレル笑えるからシャレにならない完コピまで見てるだけでおもしろい。

子供フロアで800円くらい

ハードロックTシャツ1万4千ｗ 2210円

1600円 アバクロマーク柄のキャミセット 1000円

1万円くらい

こういうバカ服も好き♡ しかし友達に見せたら、「これ、ココルルじゃん」ガーン。ギャルブランドまではわからないよ〜。

バッタもんでも着てやる！

えほんとさんぽ
さがしに行こう！ 絵本・雑貨・カフェ

絵と文／杉浦さやか
（白泉社・1300円＋税）

『月刊MOE』（白泉社）'04年1月号〜
'05年5月号で連載していた「ぶらり
絵本さんぽ」が一冊の本になりました。

連載は「絵本とカフェ」「絵本さんぽ・
海外編」など、毎回テーマを決めて、
絵本と絵本的なものを探して歩く、
2ページのルポエッセイ。

ショップリサーチは大変だったけど、
関西取材や製本工場にも行けて
取材はいつも楽しみでした。

書きおろしのコラムやマップ、
散歩のおともに使える
ように工夫をこらしたので、
一緒におでかけして
みてくださいね！

スタッフの渡辺さんかわいい。

ヨーロッパの古絵本が豊富な「Press Six」（青山）。

絵本チックな雑貨がいっぱいの「ビスケット」（乃木坂）。

入口にいたプチチャイクベアー 4200円

チェコのおばあさん手作りのぬいぐるみ
1400円 テリア
1600円 馬
私もほしい。

ヨットブローチ 3400円

取材で見つけた おきにいり

『かえでがおか農場のなかまたち』
作・絵／アリスとマーティン・プロベンセン
訳／乾侑美子（童話館出版）

動物たちの生態がおもしろ
おかしく描かれ、くすりと
笑わされる。それでいて
"生まれて死んでいく"
命の尊さを、当り前に
教えてくれるスゴイ本。

『そりにのって』こどものとも
作／神沢利子 絵／丸木俊子
（福音館書店）
絵に感激したのは、これ。
生き生きと色気のある少女の
絵がすばらしい。

もともと絵本は大好き。
でもそれは、あくまでもかわいさ優先の
"雑貨"としての 絵本。
回を重ねて、作り手の方や よい絵本に
出合ううち、読みものとして 純粋に楽しむ
ことを、あらためて 思い出させて もらいました。

よい絵本は、本当におもしろい。
絵の放つ空気、言葉のリズム。
たった30ページが そこらで うんと親密に、
物語の世界へ 入りこませてくれる。
その力に、ますます魅了されてしまったのでした。

豆本作りの回で作った
「おみやげ日記」や、
最終回の
プレゼントとして
100部限定で
発行した
フリーペーパー
「Burari」も
大公開！

はじめての 絵本づくり

巻頭のプチストーリーは、
ミニ絵本のようなもの。
連載ではただの さし絵
だった、女の子と猫のキャラクターに
動きをつけて、名前や性格、おうちを
作って…。ごっこ遊びの延長みたいに、夢中になって描きました。

「絵本は一番むずかしい」と敬遠してきたけど、その通りだった！
作り手の培ってきたものが ごっそり出てしまい、ごまかしが
きかないから。絵本作家のすごさを思い知りました…。

よい絵本に囲まれ、読むのも描くのも楽しんでいきたいなぁ。

連載のタイトルオビ

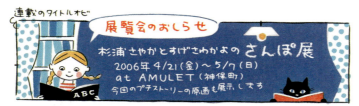

展覧会のおしらせ
杉浦さやかとすげさわかよの さんぽ展
2006年 4/21(金)〜5/7(日)
at AMULET (神保町)
今回のプチストーリーの原画も展示します

4/29(土)は、イラストレーターの仲間で"おさんぽマーケット"を
開く予定です。詳細は「AMULET」のHPをご覧ください。

COLUMN＊7

絵本と出合う

　『えほんとさんぽ』は、絵本の雑誌『月刊MOE』の連載をまとめた本。『MOE』で描かせてもらうようになって、新しく絵本の世界に出合った私。今は読み聞かせなど、親としての新しい絵本とのかかわりにわくわくしています。長いこと自分の本棚にあって、よく知っているつもりだった絵本の、いきいきとした言葉のリズム。声色を変えて読んでいると、魔法のように登場人物にパッと命が吹き込まれるライブ感。
　寝る前に、ふとんに持っていく絵本を選んで、読みおわると「もう一回する〜」のリクエスト。そこで笑うんだーとか、よくこんな小さな絵に気づくなぁ、なんて感心しつつ。これからも、おなじみの絵本との、新しい出合いがとても楽しみです。

現在2歳。見事に食べものの絵本ばかり大好き。左の2冊はもともとは私の本。

『ぼくのパンわたしのパン』(福音館書店) 神沢利子文　林明子絵
『クマくんのバタつきパンのジャムつきパン』(福音館書店) 柳生まち子
『おさるのケーキやさん』(教育画劇) 安西水丸

MURMURING TALK
vol.28 ✖ 週末ジャパンツアー

MARCH 2007

タイトルを考えていた頃、マドンナが来日…。そんなイメージです。

杉浦さやかの旅手帖
週末ジャパンツアー

杉浦さやか
(ワニブックス・税込1,365円)

上海、ハワイときて第3弾は「日本」！
早春の津軽から晩秋の別府まで—
まったくのプライベートも含め、8つの
旅のはなしをまとめました。
9年来の憧れだった鳴子の
「全国こけしまつり」、友人15人で
出かけたハトヤ慰安旅行、
熱く踊り明かした徹夜おどり、
はじめての四国、出雲ご縁ツアー
……どれも思い出深いものばかり。

そこには、心の底から旅そのものを
楽しんでいる自分がありました。
言葉、治安、わずらわしいことがなにも
ないから、ひたすら旅に没頭できる。
「国内旅行っていいなあ」なんて、
今さらながら目覚めた
気分。

讃岐うどんは本当～においしかった！

意外にも、味もいいのよ ハトまんじゅう

浜坂の温泉まんじゅう

京都で見つけたアンティークの指ぬき

風邪引き中にかかわらず、9つの温泉を制覇した九州…。

ユキちゃん埋め立て中

楽でいいなんて、私も歳を
とったのかな。
いやいや、遠くにある
刺激を求めるだけではなく、
身近にあるよろこびを見つけることにも
目がいくようになったのだ…と思いたい。

あんまり楽しくて、行きたいところもまだ
どっさりあるので…早くもツアー第2弾の気配！
もっともっと、私の知らない日本を見てみたい。

今回の8つの旅が、みなさんの
ツアーの手引きになることを願って。

PRESENT

恒例のおみやげプレゼント、
あり⊠。各地でセレクトした
おみやげが10セット。こまごま
オマケも付けちゃうヨ。
ご応募は初版の読者カードで。
目玉は鳴子と津軽で絵付けをしたさやこけし！

島根県立美術館の宍道湖うさぎ♡

EVENT

✻『週末ジャパンツアー』原画&おみやげ展示✻
◆ リブロ 池袋本店　3/30〜4/27
　西武池袋本店書籍館 B1F・パネル展示コーナー
◆ リブロ 渋谷店　3/26〜4/22
　渋谷パルコ part1 B1F・特別展示台

こけしまつりでバッタリ会った(!)ぬま伯父さんと、4年ぶりの顔合わせ。

✻沼田元氣 × 杉浦さやか トークショウ✻
◆ 青山ブックセンター自由が丘店　4/15(日)16:00〜
　ぬま伯父、さやかのこけしを巡る愛と冒険

『上海を歩こう』
2002年7月
パワフルな未来都市と、路地裏の風景のギャップがたまらない。

『はじめてのハワイ』
2004年7月
ただいるだけで、にっこり顔になれるハワイが、大好き。

杉浦さやかの旅手帖
既刊の2冊もよろしくね!

★ Souvenir de Voyage ★

旅に行って増えるもの。ガイドブック、パンフレット、マッチ、そして…しょぼタオル。立ち寄り湯に入るたび、みやげもの屋でつい手が伸びてしまった時。キッチンの椅子にそんなタオルがかかっているようじゃ、おしゃれハウスにゃほど遠い。

本日はハトヤタオル

津軽こけし館、こけしの微笑に癒される。

寝台特急「サンライズ出雲」のタオルがお気に入り♡

手拭いも増えたなぁ

全国こけしまつりの記念手拭い

GALLERY

✳ haco（葉山）✳

友人が展示することが多く、ちょこちょこお邪魔しているギャラリー。おかげで葉山、鎌倉での楽しい思い出がいっぱい。いつもわくわくする催しが開かれています。6月末には、私も友人たちとのグループ展に参加します（くわしくはhacoのhpでおしらせします）。

作家と袋 2006年12月28日

10人の作家が、それぞれ好きな袋に好きなものをつめて売り出す、という1日だけのユニークなイベントに参加。

「haco」は閉店

✳ 旅先からの手紙 ✳ LETTER

'06年10月にロシア・ハバロフスクをともに旅したカヨとあやのちゃんから教わった、手紙術。自分あてに、旅のメモを描いたカードを送るカヨ。日本各地の郵便局で風景印を押したはがきを、人に送るあやの。ハバロからの経由地、新潟で、2人の真似をして自分あてに送ってみました。これからも続けたい、旅の楽しみ。

AYANO 『手づくりする手紙』木下綾乃（文化出版局）3/18発売
KAYO 『旅のおもいで雑貨教室』すげさわかよ（河出書房新社）5月中旬発売
※どっちの本にも私が登場しますよー。

MARCH 2007

COLUMN＊8

スイスシャレー様式、山川屋みたいなどっしりしたつくり。

好きなホテル

　ここ3年ほどは海外旅行どころか、国内旅行もあまり行けていないけれど、夫の実家がある佐賀に帰るときは、必ず近場の温泉に出かけていきます。前回帰ったときに訪れたのは、長崎県の雲仙。宿は和風の旅館をとったのだけど、大好きな「雲仙観光ホテル」でランチを食べて帰ることにしました。
『週末ジャパンツアー』の取材（アポなし）のときに泊まって、そのクラシックなしつらえはもちろん、あまりの居心地のよさにすっかりファンになってしまいました。老舗ホテルなんて緊張しがちな私でも、ゆったりとくつろげる、それはあたたかな雰囲気だった。地元の食材を使ったディナーも美味しくて、感激したっけ。
　それ以来8年ぶりだったけど、ホテルはさらにバージョンアップしていました。以前はなかった図書室やビリヤード場が、昭和10年の開業のころの姿で復元されて、ますます素敵な空間に。前は小さな浴場があっただけだったのに、広々大浴場に。和室もできたんだ〜、とびっくり。今回は温泉大好きな義父と、ベッドが不安な2歳児のことを考えて旅館にしたんだけど、これなら泊まれたのになぁ。
　ホテルでランチなんてはじめての娘も、スタッフの方から話しかけたりたくさん気を配ってもらって、すっかりリラックス。帰るときに「もっといたい」とベソをかいたほど。今度また、ホテルでゆっくり過ごすために雲仙を訪れたい。

MURMURING TALK
vol.29 ✿ ひっこしました

MARCH 2008

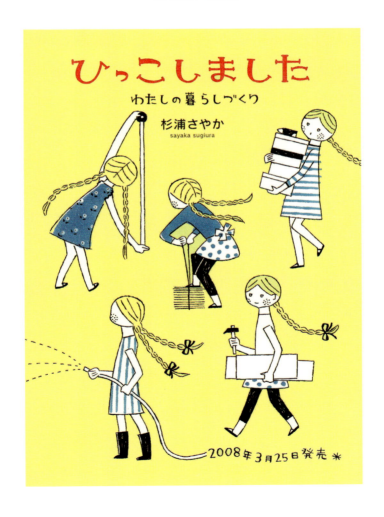

EVENT

'01〜'05年と、友人たちが西荻窪で一軒家をシェアしていました。本にも書いた、私が西荻住人になったきっかけの「西荻ハウス」です。その初代メンバー3人のおはなし。身内ネタ全開の点はおゆるしを…。

西荻ハウスの面々

✳︎ 加藤大展「bachelorette」✳︎ 2008年1/8〜1/20
ギャラリー・ドゥ・ディマンシュ青山店

ギャラリーのHPで展示の様子が見れます。

モード誌等で、ファッションイラストレーションを手がける大ちゃん。「JILL STUART」や「Spick & Span」の店舗壁画など、活動の場は多彩。常に進化する作品に、新鮮な刺激をもらえます。

抽象画」もすごくよくて、初日に購入。

'05年の展示の際に購入したクモくん

✳︎ ディスプレイの魔術師 ✳︎

有志4人で、オープニングパーティーをとりしきる。こういう時に才能を発揮するのがひろみちゃん。

100円ショップのままごとセットと造花を組み合わせたオブジェ！パーティーのあとは、大ちゃんの愛娘・にこちゃんのもとへ。

ホイルで包んだキャベツにオードブルをさして。

セロリの葉 食紅で染めたうずらのゆで卵！

ようじに造花をくくりつけたピック

✳︎ 西荻のドンの結婚 ✳︎

ハウス最長老のつなどん。お互いフリーの時は逢瀬を重ね、「一生二人で西荻を歩いてたりしてな」なんて笑っていたっけ。そんなドンも結婚を機に、西荻を卒業。2月に開かれた結婚式は、お笑いたっぷりの楽しい式でした。

式場は浅草で、着物、鎧割りあり、ということで、ウェルカムボードもこんな感じ。私はボード職人！

「ダーティー・ハリー」のテーマ曲にあわせて花婿だけが登場。「おや？」と思っていると、人力車で花嫁登場！これにはド肝を抜かれました…。

✳︎ N.Y. cupcakes

味もおいしい

↑オープニングパーティーの差し入れのケーキが、卒倒しそうなほどかわいかった！

◆下北沢駅北口より徒歩3分◆

平然としてるのがおかしい

浅草ビューホテルにて

ひっこしました
わたしの暮らしづくり

杉浦さやか
（祥伝社・税込1,365円）

この春で今の家に移って丸3年がたちました。
今の家への引っ越しと、新居での暮らしづくりのことを綴った本を出すことになりました。

オールカラー、160Pとボリューム大！

引っ越しのきっかけにはじまり、物件探し、引っ越し業者の選定とすすむあたりで、「なんたるネタの宝庫……。本に書きたい！」という欲求にかられました。
これは私には めずらしいこと。
だいたい先に本のお題を決めて、そこから内容にとりかかるのが常。
それくらい 引っ越しのあれこれは、私を熱中させていました。
今まではどちらかというと ユウウツで、あまり好きではなかったのに。

誕生！庭師の
にわかお庭師
母がくれた足カバー
（腕カバーもある）

内見の鬼と化しました。
湯がこぼれてきてモリしないのかなぁ
なんかへん
夏はい草のスリッパにリボンを縫いつけたもの
ラオス製
ハンガリーの
自分のはモロッコのスリッパにポンポンをつけて。

引っ越し先の街が大好きなこと、
はじめて理想の物件を見つけることができたことで、新しい生活への希望に満ちあふれていたからかな。

そんなわけで、引っ越してしばらくたったころ、1年間のweb連載をはじめました。
怒濤の引っ越し作業、そして新居での家づくりに庭づくり……
少しずつ今の暮らしができあがっていく様子を、ドキュメンタリーのように描き綴ってきたもの。

プロに美しく撮ってもらいました…

その連載を大幅に構成し直し、
写真と描きおろしも満載にしました。
一緒に暮らしづくりの楽しさを
味わってもらえたらうれしいです。

SPECIAL PAPER＊1

『ひっこしました』出版記念サイン会

APRIL 8 2008　紀伊國屋書店新宿南口店
スペシャルペーパー＝サイン会の時に配布した特典ペーパー

本日は『ひっこしました』刊行記念サイン会にお越しくださいまして、ありがとうございます。

ひっこしルックでキメてみました。

タイの屋台などで使われているエプロン 1200円（ni-Co）

コスプレ、好きなんです…。
ただ今回はトークのない、サイン会イベント。
誰もツッコんでくれる人がいません。
ひとりボケっぱなしはつらいので、
担当の荻原さんたちも巻きこむ
ことに…。　H氏

「嫌がるだろうなぁ」という予想は裏切られ、
「いいですねぇ！」とノリノリの反応で、
ちょっとガッカリ。

Sです　困った顔を見たかった

落研出身ですから

氏は朝ごはんのみそ汁担当らしく、
エプロンは自前のをお持ちだそう。
私も当日が楽しみです！

『ひっこしました』いかがでしたでしょうか。
1年間のweb連載をまとめたもので、思いのほか
文章が多くなってしまいました。
読むのも大変だったでしょうね…。
あまりにも私生活が赤裸々で、
驚かれたかたもいらっしゃるかもしれません。
だんだん歳を重ね、素のままの自分を
出すことがこわくなくなってきたようです。

友達の日記を読むような感覚で、
一緒になって楽しんでもらえたら
うれしいです。よかったら、
感想もお待ちしております！

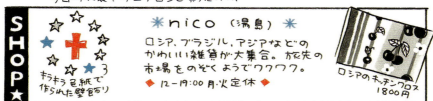

MURMURING TALK

vol.30 ✿ よくばりな毎日

JUNE 2008

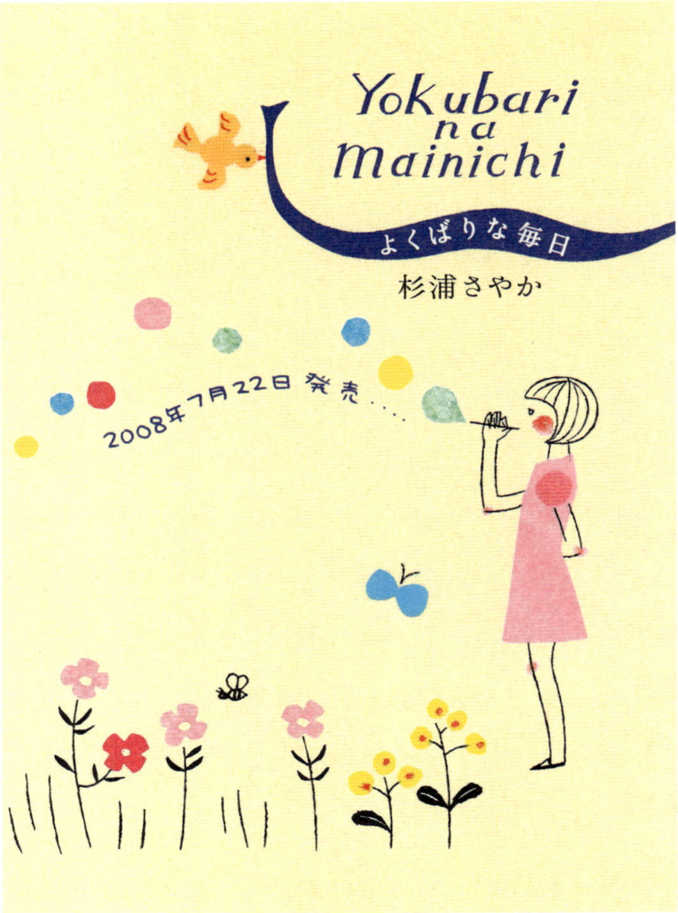

EVENT

＊全国こけし祭り＊
宮城県・鳴子温泉

最大のこけしの産地・鳴子温泉で毎年9月に開催される、「全国こけし祭り」。ともにこけしファンである沼田元氣さんと2人、縁あって親善大使に任命されました。今年のお祭りに向けて、合作リーフレットを製作。

一体何本のこけしを描いたかしら→

A面はサーヤの「こけし工房めぐりマップ」。B面はヌマ伯父さんの「撮りおろしポエムグラフ」という強力タッグ！

3日間かけて、25ヵ所の工房を練り歩きました。この取材で、さらに鳴子LOVEに…。

→ポエムグラファー

第54回全国こけし祭り

会期 ◆ 2008年 9/6(土)・7(日)
会場 ◆ 鳴子小学校体育館
（実演・展示・即売）・温泉街（パレード、etc…）
鳴子観光・旅館案内センター
www.naruko.gr.jp ＊駅はJR鳴子温泉

こけしダンサーズは必見！

—電話ボックスも
—看板も
漆器とこけし

「桜井こけし店」
—包装紙も
「高亀こけし店」

—タクシーも
中央
—酒も
—お菓子も
こけしサブレー

なにもかもがこけし一色の町、鳴子。ぜひ一度、こけしにまみれにおいでませ！

わたしと鳴子

はじめて訪れたのは10年前の春。処女作『絵てがみブック』の製作がおわり、仲よしトリオで東北旅行に出た折りのことでした。こけしを集めていたので、こけしだらけの町に、大コーフン。

そのとき「こけしの岡仁」で買った「美鹿会（若手伝統こけし工人の会）」の、4寸こけしセット、9万円…！26歳女子にとっては大変高価な金額（36歳女子にとっても）。迷って悩んで、「ええい、本の出版記念だ！」となかばヤケクソで購入。10系統36本のこけしが桐の箱に美しく並ぶ。

マップの取材の時、岡仁さんにその話をしたら、なんと覚えていてくださいました。よっぽど奇異だったんだろうなぁ。
これをきっかけに、伝統こけしコレクション暴走期が幕を開けたのでした。

'98年春、鳴子公園入口
巨大こけし塔にアゲアゲ→
伝統こけし鳴子系
おみやげけし

↑約120m（4寸）↓

よくばりな毎日

SPOT ✿ ✱ I ♡ 共同浴場 ✱

鳴子は温泉もとてもいいんです。特に共同浴場の「滝の湯」が大ー好き。心地よい刺激の硫黄泉で、木づくりの風情あふれる浴場がいいんだ。ほのかな明かりが灯る夜も、天窓から光がさす朝も、いつ入っても最高。

滝の湯 ◆ 150円 7:00〜22:00
鳴子・早稲田桟敷湯 ◆ 530円 8:30〜22:00

FOOD

✱ おハツで候

姫路生まれの大判焼チェーン「御座候」。4歳〜10歳までを姫路で過ごした私にとって、なじみ深くて大大大好きなおやつ。今回の本でも愛を叫んでいるのですが、とうとう姫路まで工場見学に行ってしまいました。くわしくは冬頃発売の『MOE』にて！

赤あんと白あん1コ80円

沼田元気さん主宰の「乙女美学校」で、6月に講師をした際もティータイムのおやつに指定。ラベルを作って、みんなで赤白1コずつ食べました。

御座候 ◆ www.gozasoro.co.jp
東武池袋店や吉祥寺ロンロンなど、都内にも5店舗。
※吉祥寺店は閉店

✱ 「天すけ」の揚げ玉子のせごはん

カウンターのみの小さな天ぷら屋「天すけ」。卵の天ぷらに天つゆがかかっただけのシンプルな丼なんだけど、そのあまりのうまさに大感激！生卵をそのままごま油に投入。大将はニコニコと気さくな方。楽しそうに働く人で大好きだ。

黄身はとろとろ
高円寺価格で、安全体に
う、うまい！！

天すけ ◆ 12:00〜14:00 / 18:00〜22:00
JR「高円寺」北口徒歩2分

祥伝社 木二浦さやかの本

・ベトナムで見つけた かわいい・おいしい・安い

ベトナムほど笑って怒った国、ないなぁ。また行きたい大好きな場所。(2000年)

・東京ホリデイ 散歩で見つけたお気に入り

下町、古書店街、骨董市、ビアガーデン。東京のお気に入りをあちこち、ご案内。(2003年)

・ひっこしました わたしの暮らしづくり

家探しから、私の新しい家ができるまでを大公開。(2008年)

JUNE 2008

よくばりな毎日

絵と文／杉浦さやか
(祥伝社黄金文庫・税込670円)

2004年の4月から、『シティリビング』紙上で"つれづれダイアリー"というコラム連載をはじめました。隔週の連載なんてはじめてだし、ネタが続くかしら…とかなり心配だったっけ。

ひさしぶりの本オビです。特製しおり付き。

しばりは特になく、そのときどきで興味のあることや旅の話、洋服のこと、おいしかったもの、ご近所散歩など、近況報告のつもりで描いてきました。なんとかネタもつきることなく、この6月で100回を突破。今回の本は、最初の50本までをまとめたものです。

読み返すと、そのころどんな気持ちで過ごしていたかまで、スッと思い出せる。2週間に1度のリズムを刻むこのコラムは、私にとって特別な存在です。

友達への手紙のような、日々のつぶやきが50こ——それには小さなサイズがふさわしいな、ということで、新刊ですが文庫版での発売になりました。お出かけや、お茶のおともにしてもらえたらうれしいです。

★ シティリビング（サンケイリビング新聞社）

企業で働くOLさんを対象とした、週刊のフリーペーパー。私のコラムは東京、横浜、名古屋版と提携紙「リビングカフェ」姫路版に掲載。

✂ 連載は終了しています

小さなコーナーだけれど。

✴ ももちゃん・レクイエム ✴

母の友人宅で生まれたももは、私が高3のとき、わが家の一員になりました。今回の本で、はじめてももの死について書きました。カバーやしおりにも登場して、ももに捧げた本みたい？

パラボラもも

15歳まで生きてくれた。

「モモよ」杉浦カヨ子（'05）

中央は、天国に行く前に振り返るもも…。

← 1455mm →
↕ 1120mm

ももが死んだ翌年に母が描いた水彩画。F80号の巨大キャンバスに、ももびっしり（しかも2枚連作）！フロあがり、パラボラ付き、七つ病でハゲた時の、死んだももまでいるよ…。私はこの、アウトサイダーアート顔負けの、母の絵が大好き。ちなみに、'07年に描いた亡き夫（父）への鎮魂絵は…普通に家族の肖像でした。

EVENT

✴ 刊行記念サイン会 in 大阪 ✴

関西での初イベントです！いつか東京以外で…と思っていたので、うれしいな〜。お近くの方はぜひ遊びに来てください。サイン会限定のおみやげ付きです。

◆ 8月3日(日) 14:00〜
ジュンク堂書店 大阪本店3F喫茶コーナー
✴ 要整理券（先着120名様）

前作でひっこましたのサイン会・担当H氏とひそかにコスプレ

ごま塩ペアアンパンマンエプロン♡

タイの屋台で使われているエプロン

JUNE 2008

SPECIAL PAPER＊2

『よくばりな毎日』出版記念サイン会

AUGUST 3 2008　ジュンク堂書店大阪本店

MURMURING TALK

vol.31 えほんとあそぼう

DECEMBER 2008

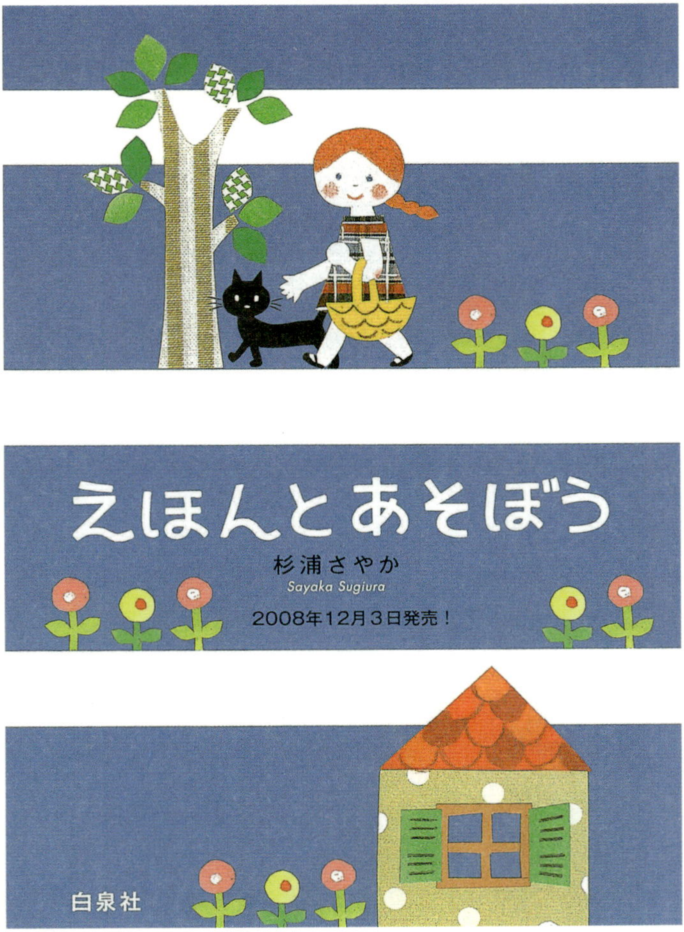

DOCUMENT ★

＊MOE・しめきり祭り＊

6月半ばから、赤ずきんの案や、姫路・神戸取材など、MOEの特集の準備をはじめー9,10月の2ヶ月間はデビュー以来最大のしめきり祭りとなりました。新刊の追いこみ時期も似たようなものだけど、今回はとにかくやることが多かった！

❶ MOE本誌の特集
ほとんどのコメントを書き過去の資料探しなど、やること山積み。

❷ 中とじの「赤ずきん」
色をぬったのは半分だけど、下絵は単行本用の全32ページ描きました。

❸ 単行本『えほんとあそぼう』
描きおろしのほかに、連載時の記事を組み直すのも自分でやるから…。

でもね、そんな日々も嫌いじゃないんです。ひとり文化祭というか、「生きてる！」という感覚に満たされるというか。完全に、仕事人間ですね(特集担当のM嬢も同様発言！)。2ヶ月が限界だけど。

＊こんなヒドイ日は週1程度。夜の息抜き(=飲み)も週1でしてたし…(だから辛かった?!)。

BOOK

＊しりとり世界いっしゅう＊
旅する10人のイラストレーター
（mille books 定価：1600円＋税）

イラスト満載のゼイタクな1冊！

それは2年前。"旅"をテーマにした展示をやりましょう、という葉山のギャラリー「haco」の呼びかけではじまった企画でした。
仲良しのイラストレーター10人が、4月の昼さがりにお弁当を持って、代々木公園に集合。
目的は、"旅"をキーワードにしたしりとり。
ピクニック気分もつかの間、6時間かけてヘトヘトになりながら、200このしりとりが完成！それをひとり20コずつにランダムに分け、それぞれが持ち帰って絵に仕上げました。
小さなhacoいっぱいに、200の絵がつながった様は壮観！そして展示用に、みんなで1冊の手製本を作ったことが、この本の生まれる大きなきっかけになりました。

10/19に青山ブックセンター本店にて、トークショー。旅のコスプレをして10人トーク。おもしろかったー！

DRINK

＊ちいちゃんのたからもの＊
杉浦さやか
（学研 1200円＋税）

1年前に、冊子絵本として作ったはじめての絵本が、単行本になりました。
小さいころの、姉や兄のコレクション（永谷園のお茶漬けカードや切手）への憧れをもとに描いた作品。
今もものを集めるの、大好き。
ちいちゃん時代のコレクションは宝石店の広告の'アクセサリー'の切り抜き＊

＊玄米甘酒＊
お世話になりっぱなしの隣のS夫妻に、修羅場中にもらったこれは、まさに救世主！
風邪気味の時に、お風呂に入ってコレを飲んで寝ちゃえば、キレイに治ってしまうのだ。

オーサワジャパン楽天市場などでも取扱っています。

牛乳と割ってしょうがを入れる

一味すごくおいしい！つぶつぶ感がスキ♥
体がホカホカ

えほんとあそぼう

杉浦さやか
(白泉社　定価:1300円+税)

大好きなABCブックのイメージ

絵本の雑誌『MOE』での連載をまとめた、2冊目の本が出ました。前作はお店取材が多かったのにくらべ、今回は本当にいろんなことをやりました。

好きなお菓子屋さんで工場見学、手芸、パンづくり、絵本マニアとのお散歩……毎回「絵本」をテーマにイラストルポを描くのですが、しばりはかなりゆるい。
絵本って"原体験"だったりするから、テーマにからんだ思い出やエピソードは、するする出てきます。

連載のマスコット。最初の連載タイトル『ぶらり絵本さんぽ』からつけた、安直な名前……。

たとえば、本誌のパン特集と連動したパンの回。『ぼくのぱん わたしのぱん』の、パン種がふくらんでいくわくわく感。まるで自分の手でパン種の空気を抜いたことがあるような、強烈な記憶として私の中に残っています。

表面に卵をぬる。絵本で見て小さいころに憧れた作業！

神沢利子文 林明子絵（福音館書店）

おいしそうにテカれよー

ハケを寝かせてやさしくぬる。すみずみまでていねいに。

左門豊作のようなクロワッサンにして食べました。

キャベツもっぷり

手芸作家・eyemoさんちにおじゃまして、絵本手芸部結成！

ぶーらりの人形やバッグをプレゼントしてくださいました♡

eyemoオリジナルのつぶつぶ人形、みんなとってもオシャレ。

EVENT

刊行記念

✳︎『えほんとあそぼう』イベント✳︎

発表を記念して、サイン会などのイベントもやります。くわしくは、MOE webをご覧ください。
http://www.moe-web.jp
サイン会限定のペーパーを用意してお待ちしています。

キョーカイ用語★サインがうつらないように置く紙を"アイジ"という。

'08年夏の大阪サイン会の

スペシャル企画として 出かけた
京都、多治見、さらにノルウェー&
デンマークにも 飛び出して、北欧・
絵本さんぽを 楽しみました。
描きおろしも 満載でお届けします。
絵本の世界に 遊びに来てください。

INFORMATION

✻ えほんとさんぽ ✻
さがしに行こう！ 絵本・雑貨・カフェ

1,300円+税

MOEシリーズの第一弾は
'06年3月の発売。
お気に入りの雑貨店、
美術館、カフェ案内の
ほかに、フリーペーパーや
豆本づくりに挑戦。
松本や奈良、大阪と
旅をして、前作も盛りだくさん。

巻頭にはプチ絵本もついている

✻ MOE 2008年12月号

デビュー15年、出した本もちょうど
15冊（夏の時点で）、今年はキリがいいなぁ、
と思っていたところへ、『MOE』の特集のお話！
歴史あるMOEに、私のようなイロモノが…
と最初はしりごみしそうでしたが、やるからには
とことんやろう！と全力で駆け抜けました。
胸やけするほどのサヤワールド、存分に
味わってやってください……。 書店にてお取りよせください♡

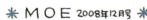

中とじに入った
「赤ずきん」は、
大幅描きおろしで3月に単行本として
発売予定。あわせて原画展を
開きます。個展は13年ぶり…！
2009年3/10(火)〜22(日)
GALLERY TOKYO BAMBOO

SPECIAL PAPER＊3

えほんとあそぼう 出版記念 サイン会

DECEMBER 20 2008　ジュンク堂書店新宿店

友達からもらった
イタリアの
アンティークレース

誰に頼まれたわけでも
ないけれど、イベントにおける
プチコスプレが恒例化して
まいりました。

サボで、
久しぶりに
はきました。

本日は『えほんとあそぼう』の
刊行記念サイン会にお越しくださいまして、
ありがとうございます。

ええと、コスプレまではいきませんが、
"絵本チック"をテーマに今日の服を
えらんでみました。
現在、熱烈制作中の絵本『あかずきん』。
あかずきんまではいけませんが、
"なんちゃって民俗衣装"のつもり。
神戸「BLACK OUT」で11月に買った、古着スカート
3800円。
下の黒ペチは、レースと同じ友達からもらった
中森明菜風・チュールスカート。

🚲 新宿三越アルコットの閉店に伴い、ジュンク堂書店
新宿店も、「マダム
シルキュ」も閉店。

◆ ★ ★ CAFE ★ ★ ◆

❋ Mme. CIRQUE (カフェレストラン) ❋
　　マダム シルキュ

ジュンク堂書店の入る「新宿三越
アルコット」のB1Fにあるお店。

ショップカードも
コースターも
サーカス♡

フランスのサーカスを
イメージコンセプトに
した、ユニークな内装に
目も心も奪われる。

壁には火くぐり
猛獣…!

新宿のまん中で、ぜひ非日常の
あやしいムードに浸ってください。
お茶しかしたことが
ないので、ごはんも
食べてみたいな。

椅子も
こんな
かわいいとこまで
かわいいな。

そして向かいの
「ZARA」に
流れる。

この秋買って、
よく着てる。
民俗調
チュニック。
10,900円也。

表紙は2009年の
年賀状です。
ひと足先に公開 ❋
みな様、よい年末を!

DECEMBER 2008

KOBE

『MOE』12月号の神戸ルポの取材で訪れた元町&栄町。再び、11月にも遊びに行っちゃいました。

サーヤ的→ 神戸shop★BEST3 ✳

❶ Chia khóa (雑貨) & Vanille (古着)

『MOE』にも描いた「チアコア」と、1F上の「ヴァニイユ」は姉妹店。宝探し感がすごい・安いと私の三大必須要素を満たしてくれる大好きショップ。

Vanille「マーク・ジェイコブスっぽい!!」と友達とさわいで買ったコート。大のお気に入り。値段失念。でも安かった。

❷ TOUCHER (雑貨)

小さな愛らしいお店。ここのきゃしゃでてきなアクセサリーの大ファン。それにしても、安い…。

ピアス 1200円
リング 840円

❸ BLACK OUT (古着)

栄町の"I LOVE KOBEビル"の3F。ヨーロッパ古着中心で、セレクトも状態もすばらしい。キレイな紺の革ポシェットと、70年代のジャック・パーセル(紺)を購入。

✂ 「Chia khóa」は、現在は女の子の古着とビンテージアクセサリーの「anemone」に変わっています。

✳ あかずきん ✳

『MOE』12月号にダイジェストで載せた『あかずきん』。3月5日に、絵本として('09年)発売されます。ツッコミどころ満載の、あかずきんのすっとぼけぶりが好きなんだ…。

「まあ、おばあさん、なんて大きなお耳とゆかんだろ!」というようなね。

✳ 杉浦さやか個展「あかずきん」 ✳

絵本の原画を中心に、新作も数点出展します。
2009年 3/10(火)〜22(日)
GALLERY TOKYO BAMBOO

MURMURING TALK
vol.32 ✖ あかずきん

MARCH 2009

あかずきん
すぎうら さやか
(白泉社 定価1,365円)

2冊目の絵本は、既存のおとぎ話に絵をつけることに決めていました。作・絵と両方手がけた1作目『ちいちゃんのたからもの』で、かなり苦しんだから…。今度は思いっきり、メルヘンの世界を楽しんで描きたかった。そこでえらんだ題材が「あかずきん」でした。これはもう単純に"かわいい女の子"が描けるから。

最初はおおかみをだし抜くくらいの、強気なあかずきんを考えていたのだけど、やっぱりおばかさんなくらい、ひたすらかわいい女の子にしよう、と途中変換。

私のあかずきんは、愛敬と天真爛漫さだけが武器の女の子。フェミニスト団体に怒られそうですが、それって女子として、いや人として最強だと思うのです。かわいいだけじゃダメだけど、そんな憧れもこめてつくりだした「あかずきん」です。

グリムでは、あかずきんを救うのは猟師ですが、メルヘンの世界を通したかったので、はりネズミブラザーズを投入。

森の仕立て屋 ハリー&ハロー

あかずきんのはなし

…おとぎ話界ではつねに悪役扱いで気の毒な存在…。

幼少のころはなんの疑問も持たなかったけど、あかずきんって相当ヘン。「まぁ おばあさん、なんて大きなお耳」って…わかるだろう！ちなみに担当K嬢は、子どものころから「おかしい」と思ってたんだって。食べられても、消化されずに出てきちゃうしね…。

バシッ

1862年フランス
ドレになる、
ムチムチと
妖艶な
あかずきん。

「おおかみ、でがい」

もとは中世ヨーロッパで、口承民話から生まれた物語。その内容はかなりワイルドで、下品だったりする。それをフランスのペローが、宮廷の子女向けに書きかえ、現在に近い形になりました。もっともポピュラーなグリム版は、さらにそれをマイルドにした感じ(ペロー版では、あかずきんは食べられておしまい)。

『赤頭巾ちゃんは森を抜けて』
ジャック・ザイプス
(阿吽社 5,040円)
社会文化学からみた、あかずきんの研究書。いろんな挿絵が見れて楽しい。描く前に読んでたら、またちがったあかずきんになっていたかも。

✿ EXHIBITION ✿

✱ ずきんのおんなのこ ✱
杉浦さやか個展

GALLERY TOKYO BAMBOO
2009. 3/10(火)〜22(日)
12:00〜19:00 ★月曜定休
(日曜と3/21(土),22(日)は〜17:00)

ギャラリーでの個展は、なんと13年ぶり!
絵本『あかずきん』の原画を中心に、大好きなずきんガールをちりばめた展覧会です。描きおろしの新作は販売もします(10点前後)。
どうぞ遊びに来てくださいね ✱

'07年に描いたあかずきん

バンブーの場所は、裏面の別冊版六本木mapを見てね。

1880年イギリス
ヴィクトリア朝♡

ドイツでは"あかぼうしちゃん"。

🚲 「GALLERY TOKYO BAMBOO」は閉店

💬 EVENT

トークショー+サイン会
「サーヤとヌマ伯父茶ンのプラトークショー&お茶会」
3/21(土)18:00〜20:00
参加費 1,500円(要予約)
お茶とお菓子、おみやげ付き。
★当日はずきん着用のこと

写真芸術家の沼田元氣さんをお招きしてのプラトーク・トーク♡
(プラトーク=ロシア語でずきん)
伝承民話の「あかずきん」のペラ絵本を、おみやげに配る予定。(イベント限定品)お楽しみに!

SPECIAL PAPER＊4

『あかずきん』原画展 記念トークショー
MARCH 21 2009　GARELLY TOKYO BAMBOO

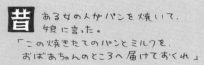

そこで女の子は 出かけていった。
道が2つに分かれるところで、女の子は
人狼に会った。
人狼は女の子に言った。
「おい、どこへ行くんだい?」
「焼きたてのパンとミルクを、
 おばあちゃんのところへ持っていくの」
「どの道を行くんだ?
 縫い針の道か? それとも留め針の道か?」
「縫い針の道」と女の子は答えた。
「そうかい。じゃあおれは留め針の道を
 行くとしよう」

女の子は夢中になって縫い針を集めていた。
その間に人狼はおばあさんの家に着き、
おばあさんを殺してしまった。
そして肉を戸棚にしまい、血はびんに入れて
棚の上に置いた。
そのうちに女の子がたどりついて、
戸をたたいた。

「戸を押しておくれ」人狼は言った。
「ぬれたわら一本で、ふさいであるだけだから」

※ 人狼(ジンロウ)＝狼男

「こんにちは おばあちゃん。
 焼きたてのパンとミルクを持ってきたよ」
「戸棚にしまっておくれ。
 中に肉が入っているからそれを食べて、
 棚の上のワインをお飲み」
 女の子が肉を食べてしまうと、
 そばにいた小猫が言った。
「うへー! 自分のばあさんの肉を食べて
 血を飲んじまったよ。
 なんておっかない娘っ子だ」

「さぁおまえ、服を脱いで
 わたしと一緒にベッドにおはいり」
「エプロンはどこに置いたらいい?」
「火にくべておしまい。
 もうおまえには いらないからね」
 そこで女の子は服を脱いでいった。
 洋服、ペチコート、長靴下……。
 そして一枚脱ぐたびに、
 どこに置いたらいいのかと狼にたずね、
 狼もそのたびに 同じ返事をした。
「火にくべておしまい。もういらないからね」

ついに女の子はベッドにもぐりこみ、
こう言った。
「まぁ、おばあちゃん、なんて毛深いの」
「このほうがあったかいんだよ、おまえ」
「まぁ、おばあちゃん、なんて爪が大きいの」
「かゆいところがよくかけるようにさ、おまえ」
「まぁ、おばあちゃん、なんて大きな肩なの」
「薪をかつぐためにさ、おまえ」
「まぁ、おばあちゃん、なんて大きなお耳なの」
「おまえの話がよく聞こえるようにさ」
「まぁ、おばあちゃん、なんて大きな鼻の穴」
「タバコをかぐのにいいんだよ、おまえ」
「まぁ、おばあちゃん、なんて大きなお口なの」
「おまえを食べる そのためにさ」

「でも、おばあちゃん。
わたしおしっこがしたくなっちゃった。
外に行ってもいいでしょ?」
「ベッドの中ですればいいじゃないか」
「だめだよ、おばあちゃん。
お外に行きたいの」
「わかった。だけどさっさとするんだよ」
人狼は女の子の足に毛糸のひもを
くくりつけて、外に出してやった。

女の子は外に出ると、そのはしを
庭のプラムの木に結んだ。
人狼はだんだんイライラしてきて、
「おまえ、うんこなのかい。
うんこをしているのかい?」
返事がないことに気づいた人狼は、
あわててベッドからとび出したが、
女の子はもう逃げてしまっていた。

そこで人狼は女の子のあとを
追いかけたが、
ちょうど追いついたその時、
女の子は自分の家に
逃げこんでしまった。

Fin

✂ トークショーにあわせて
つくった、「赤頭巾」のもとに
なったフランスの口承民話の
ミニ絵本。
ゲストの沼田元氣さんに
人狼を担当してもらい、
ふたりで朗読しました。

ポール・ドラリュ再話「祖母の話」(1885年ごろ)
ー阿吽社刊『赤頭巾ちゃんは森を抜けて』
ジャック・ザイプス著 吉田純子 訳より抜粋、改文。

SPECIAL PAPER ◆ あかずきん

MURMURING TALK
vol.33 ✼ わたしのすきなもの

AUGUST 2009

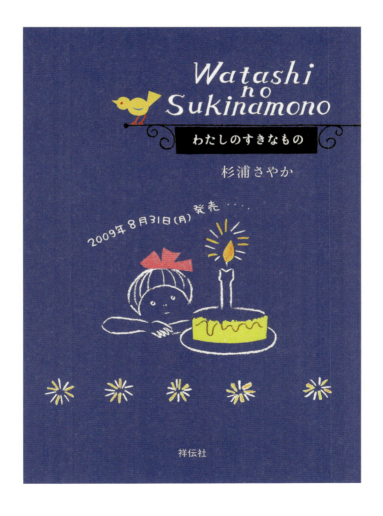

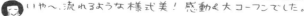

臨時郵便局で風景印を
押してくれるので、みんなで
ハガキを書き合いました。
イラストレーター
4人の競作＊
杉浦さやか

あて名面には
シールを。

SOUVENIR

劇場の建物内に、おみやげ
売り場がいくつもある。
はしごして、ウハウハお買い物。
予約制のコスプレ写真館も
あって、やりたかったなー。

のっぺらぼうの
人形焼

宝塚人形焼

落合恵　イナキヨシコ　平澤まりこ

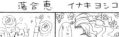

スミレ
キャンディー

パッケージが秀逸！
中はヘタうまイラストの
瓦せんべい。525円

Takarazuka Revue

「フェイラー」の
タオルハンカチ
"フィナーレ"。
3150円セー。

ツカハンカチ
1,260円

＊ SHOP ＊

＊KOKE-SHKA（鎌倉）＊

敬愛するポエムグラファーの
沼田元氣さんが、8/15にお店を
オープン！伝統こけしとマトリョーシカ
の専門店って…潔すぎ。
目玉は2つの国の木地人形を
融合させた「コケーシカ」と
「マトコケシ」
おもしろいこと、
考えつくなあ。

2つの人形は
ヌマ伯父さんのライフワークであり、
マトリョーシカのルーツはこけしである、という
因縁つき。私も、2つとも大好き。

中に4つの
コケーシカ

4つでIN

◆コケーシカ◆
鎌倉市長谷1-2-15
営業は 金～月・祝日
11:00～18:00
www.kokeshka.com/
お店は中村好文氏の設計！(吉屋信子記念館向い)

「コケーシカ」
のオリジナル
イラスト
手拭にも
イラストを
描きました。

デザインは（仮）

全国こけし祭り
今年も2人でなぐり込み！昨年に続き
公式ポスターはヌマ伯父さん♡
9/5(土)・6(日) 宮城県鳴子温泉於

スターの入り待ち式も
見れて、すごーく濃ゆく楽しい
時間でした。レビューも観たい！

AUGUST 2009

わたしのすきなもの

絵と文／杉浦さやか
(祥伝社黄金文庫・税込 670円)

前作はしおり付き、
今回はポストカード付き。

企業で働くOLさん向けの新聞「シティリビング」紙上で、"つれづれダイアリー"というコラムを連載しています。最近のできごとや、おいしかったもの、出かけた場所のことなどを、2週間に1度、日記のように書きつづっています。

最初の50本をまとめて、昨年『よくばりな毎日』として出版。今回は06年5月〜08年5月までの2年間のコラムを集めた、つれづれシリーズの第2弾です。

気がつくと、連載開始から丸5年がたちました。ネタが続くかが不安で、「とりあえず、1年間を目標に…」と気弱にスタートさせたのでした。「今回ばかりは描くことがない！」と一瞬頭を抱えても、日記やスケジュール帳をひっくり返せば、なにかしらは転がっているもの。
まあ、2週間の間になにも描くことが見つからなかったら、この仕事を続けるのはむずかしいですが…。

マッチ☆コレクション‥‥

一番のお気に入り、神戸三宮の洋食「もん」。版画家の川西英によるもの。

楽しみ探し、好きなもの探しは 私のライフワーク。
第3,第4弾と届けられるよう、
日々「発見道」に精進してゆきます*

祥伝社　杉浦さやかの本

よくばりな毎日 670円
第1弾も ぜひどうぞ。

ベトナムで見つけた
お買い物＆うまいもの満載の旅。

東京ホリデイ 750円
大好きな東京をご案内します。

ひっこしました 1,365円
引っ越し〜私の暮らしづくりのすべて。

GOODS

Yukineのアクセサリー

たん生日にもらったもの

本に出てくる 姉・ゆきね
お手製のブレスレット。
趣味からはじまった製作も、
ここ3〜4年で 展示会を
開くなどの本気モードに
突入。6月には、西荻窪の
古着屋さん「ドミノ」で展示会を
開催しました。終了後も、
たくさん取り扱っていただいてます。

スパンコールピアス

こういう派手なのが好き

私が言うのもナンですが、
なかなかおもしろいものを
作るのですよ、これが。
キッチュ、ロマンチック、
シンプル系といろいろ
とり揃えております。
ぜひ覗いてみてください。

民族調チュニック1,900円！

「ドミノ」は宝探しが楽しいお店。
まず、その価格破壊な値段設定にびっくりです。

袖を切ってみた。
パイピングになって、カワイイ！

「ドミノ」は閉店。
「Yukine」のアクセサリーは
高円寺のヘアサロン「てて」で
取り扱い中。
www.e-tete.com

COLUMN＊9

イベントの楽しみ

　『ひっこしました』(P57)のサイン会からつくるようになった、イベント特典ペーパー。新刊を出すと、おもに書店でイベントを開かせてもらいます。それまでは原画展だけだったのが、『ひっこしました』あたりからサイン会も頻繁に開くようになりました。本当はあちこちの都市に出向きたいけれど、予算などの問題でむずかしいのが現状。

　毎回東京での開催となると、何度も来てくださる読者の方もちらほら。話下手なので、トークショーをすることは少なく、たいがいサインをするだけのイベントになってしまう。原画を飾ったり、サインに絵を添える間に少しおしゃべりするくらいで、「来てよかった」と果たして思ってもらえるかなぁ……。せめてものおみやげに、とつくりはじめたのが特典ペーパーです。待つ時間もけっこうあるので、その間のひまつぶしに読んでもらえたら。

　そして同時にはじめたのが、プチコスプレ。これは完全に、自己満足の世界。ただおしゃれして登壇するより、本と関係のある格好をしたほうが楽しいかな、と思って。ひっこしなどテーマがはっきりしていれば簡単だけど、暮らしのことを綴った本などは、毎回かなり頭を悩ませます。誰にも頼まれていないのに……。

　緊張の対面イベント、ペーパーづくりもコスプレも、結局自分がリラックスして楽しむために、やっていることなのでした。

MURMURING TALK
vol.34 ✖ 12カ月のクロゼット

OCTOBER 2010

12ヵ月のクロゼット

アンティーク布のイメージです

絵と文／杉浦さやか
(KKベストセラーズ 定価1,300円+税)

少し前まで、ファッションをテーマに本を作るなんて、考えもしませんでした。年齢にそぐわない安い服ばかり買うし、乙女趣味にキッチュ趣味、かなり偏っていて、とても人様の参考になるような格好はしていないから。

プチコサージュいろいろ…

ただここ数年、おしゃれをするのがうんと楽になったことを実感しています。30歳前後は「もう30だし…」と妙に年齢を意識していたのが、すっかり肩の力が抜けたみたい。"ツラい若づくり"にならないように、さじ加減を考えるのが、今はかえっておもしろい。ヤングな店で、30代も着れる服を見つける楽しみ。若いころは絶対着なかったピンクも、今は堂々と着ちゃうもんね。

2,900円

1,500円

どっちも西荻窪のお気に入りショップ「サウスアベニュー」。革のバッグはひとつも持ってなかった…。

ヘルシンキのマリメッコはあちゃん

本国はサイズが豊富！だから国民服になり得るのね。

実年齢は、完全無視です！

大判ストールはおったりしたり。

あったか靴下

出てくるのは、ほぼ私の持ち服です。単純に、身のまわりのことしか語れないから☆

EVENT

サイン会＆クロゼットマーケット

サイン会にあわせて、愛用していた服やアクセサリーを大放出します！

◆紀伊國屋書店 新宿南店◆
10月23日(土)13:00〜 要整理券
(先着100名様)

"yuki-ne"(姉)のアクセサリーも販売します。

サイン会＆ミニトーク

本とゆかりのゲストを招いて"おしゃれ"をテーマにおしゃべりします。

◆三省堂書店 池袋店◆
11月13日(土)14:00〜 要整理券
✳詳細は書店へお問い合わせください。

歳とともに自由になっていくのは
心地よいけれど、そのぶん、
昔はもったいないことをしたなぁ。
自意識過剰でコンプレックスの
塊だったから（そのへんのことも
本の中で触れています）。

ファッションに対する
姿勢で、パーソナルな
部分が丸出しに
なることも実感しました。
がさつな性格、大人に
なり切れない自分…
今までで一番、
はずかしい本かも。
それでもたくさんの
失敗を重ねながらも、
"自分らしさ"を
表現しようとすることは、
すごく すごく 楽しいこと。
おばあちゃんになっても、
おしゃれする気持ちは
忘れたくないもの！

思い出話や、
若かりし日のヤバ写真も
掲載。笑ってなんぼです。

入学当初はまだ
ひっつめ頭。

先輩の前では
第一ボタンも
ぴっちりとめる。

校章を縦に
すると"恋人募集中"
とか…あったよね？

入学時は
学生
カバン。

ヘッドドレス、いいな♪

『SEX AND
THE CITY』の
キャリーみたいで
カッコイイ！

結婚パーティーの
友人の着こなし。

杉浦さやか KKベストセラーズの本

✳ スクラップ帖の
　つくりかた

おでかけ日記、
スケジュール帖、記録
をつける楽しさを
つづった、渾身の1冊♡

初期3部作もよろしく！

こぼれ話　✳ スタイリスト入門！✳

170点に及ぶ私物の撮影が
本づくりのハイライト。
服や小物の単品撮りを
うちで2日間、コーディネート
撮りをスタジオで1日。
スタイリスト・サーヤと、アイロン
部隊の編集Tさん＆Sさん、
カメラマンさんの
4人チームで
がんばった！

カメラマン金子さん。
「えみおわすのリス
(ダイのリス族)パンツ」♡

スチレンボード
3枚に、次に
組んで撮る。
バランスが揃う
よう腰や足先の
位置をハミって
配置。

必死！

「H&M」の
ハイウェストトレンチ

OCTOBER 2010

TRIP ❁ ✹ 富士山へ! ✹

両親ともに、大学でワンゲル部を創立したほどの山男&山女だったので、山には憧れがあったんだ。ずっと登るきっかけがなかったところに、山ブームの到来！4月にイラストルポの仕事で初登山をして以来、月イチペースで登っています。

そしてなりゆきで、9月には富士山へ！友達の取材にくっついて、軽くトレッキング&星、日の出観賞をするつもりが、少し登ってみたら楽しくて楽しくて……6合目の山小屋から、ゆっくり4時間かけて、結局8合目（標高3,100m）まで行っちゃった！

遠くから眺めるだけだった山頂が目前に見え（8合目から3時間はかかるけど）、下には雲海が広がって……非日常の光景にアゲアゲ。多くの山小屋がしまる直前で、すいていたのもよかった。シーズン中は、登山道は大渋滞だとか。

ああ、すっかり富士山のとりこ♡ 来年9月、山頂を目指します！

✂ 結局、山頂には向えずじまいです……。

正しくない山ガール

日射しがすごくてな…

服は普通の街着。

「文化屋雑貨店」の花柄軍手。

すぐやめないよう、靴はいいのを購入。イタリアの「ARMOND」。25,000円米。

NIKKO 上海で買ったニッコーリュック。

正しい山ガール

イラストレーター・落合恵ちゃん

6合目は紫色のトリカブトが花盛り。毒があるのは根だとか。

「MANASTASH」のピンクの山スカと「GRAMiCCi」の紫のレギンス、「ノースフェイス」のエンジのシューズ…おしゃれ。来年3月に山の本『山へ行くつもりじゃなかった（仮）』（millebooks）を出版予定。楽しみ♡

山小屋の屋根でフトンチし

7〜8合目は険しい岩道。岩登りは好き。辛かったのは、延々と続く砂利の下山道！

シーグラスならぬ、フジヤマグラス。7合目には岩に削られたガラスのかけらがたくさん落ちてた。

お次の 山ファッション・チェック ✿

クラシカルなスタイルが好き。

ニット帽&ジャージがかわいい！でも日よけ帽がないと大変なことに！

8合目で高山病になり、ツアーを離れて1人で下山していた女の子。ネルシャツ欲しくなった。

富士山

番外編 6合目中腹にいた白いマダム。標高2,500Mでサンダル！！赤×黒のシャツにチノパン風パンツ

鮮やかな緑

下山にストック必須だよ。

たまたまかな？関西人だらけ。

金時山 金時山Tシャツ、リピーターの多い山で100回以上の登山者はザラ。リュックだけは、黄色の最新型。

箱根・金時山で見たじいちゃん。ニッカポッカにアーガイルソックス。年季物の革の登山靴がステキ。

EVENT

✹ Creator's KOKESHi LOVE!展 ✹

2010年 9月21日(火)〜26日(日)
GALLERY TOKYO BAMBOO (乃木坂)

日本のこけしに、15組の作家が絵付け。
参加作家自慢のこけしコレクションや
即売も行われ、こけし一色の空間に！

トークショーでご一緒した、イラストレーターの
浅生ハルミンさん。昔、読者の方にいただいた
こけし団地妻エプロンを貸し出しました。

トークショーでは「コケーシカ鎌倉」
オリジナル浴衣を着用。
白地にカラフルな色で
伝統こけし系統の
シルエットがあしらわれてる。
うちわも「コケーシカ」の♡

Kokeshi cake ✤

オープニングパーティーで大人気！
土台はロールケーキ＆メロンパン、
クッキーは鳴子みやげ。
左のコの顔はサーヤ作。
右はいぬんこ作"たこ坊主"

目のまわりの
赤い土湯系
"たこ坊主"

サーヤの手女こけし。アクリル
絵の具でステンシル。

Kokeshi book ✤
cochae著 (青幻社)

かわいいピンクの表紙。

展覧会を主催した
デザインユニット"cochae"
のこけしビジュアルブック。
入門書にぴったり。

✤「レピドール」では、
その後もサマークッキーと
クリスマスクッキーの缶を、
毎年デザインしています。

NEWS

✹ クリスマスクッキー缶 ✹

縁あって、田園調布の
洋菓子店「レピドール」の
2010年クリスマスクッキーの
缶を手がけました。
夢だったパッケージの
仕事ができて、
仕上がりが楽しみ！
11/5(金)から、予約を
受け付けます。

缶のイラスト、中の袋の
シールもつくりました。

◆レピドール 田園調布店◆
www.lepi-dor.co.jp/
✹玉川高島屋店(二子玉川)でも受け付け可。

イチョウサブレ

ポルボローネス

ケーキ、焼き
菓子となんでも
おいしい！
夏期限定のアイスクリームに夢中
になりました。

BOOK ✤ りらのひみつのへや
（学研おはなし絵本）

from タク to サーヤ
ぼくの秘密基地

3冊目の絵本です。
"秘密基地"をテーマに
描いた、姉弟のおはなし。
1冊目の『ちいちゃんの
たからもの』の"宝物"の
時もそうだったけど、
リサーチに友達の
思い出話を聞くのが楽しかったなぁ。

一番すごかったのが、
イラストレーターの
山田タクヒロくんの
基地。竹やぶを
切り開いて、小屋を
作っていたのだとか！

✹ 東京カレー旅行 ✹
(millebooks)

カレー好き女子10人による、
お気に入りショップ案内。
私も5軒、紹介しています。
◆11/14(日)にイベント開催！
www.millebooks.net をチェック。

OCTOBER 2010

COLUMN＊10

おしゃれと年齢

3年ほど前、文中の友人にある日のコーディネートを再現してもらった写真。今はもう少しシックワ…かな？

　好きな服を着るぞ！　と宣言しつつも、やはり気になる、年齢とおしゃれの問題。ただいま44歳、これから50代に向けてどんな格好をしていけばいいのだろう。

　「ミニスカートって何歳まではいていいのかな」と聞いてきた2つ上の友達。脚がとてもきれいな人なので、何歳だってはいたらいいと思うけど、あまりに真剣なトーンだったので、話し合った結果「50代までで、膝上10cm程度が好ましいのでは」ということで落ち着きました。でも、その答えは自由で、本当に人それぞれ。

　小学校時代、60代で（おばあさんに見えてたけど、多分）超ミニ丈をはく先生がいました。若かりしころのサイケ調の服をまとった姿が奇異に映り、子どもたちは陰で笑っていたっけ。先生の脚は、ほっそりとしていて少女のようだった。そして好きな格好を貫き通すというのは、今なら格好よく思えるけれど。問題は、時代やその人にしっくりきているかどうか、なのだと思います。

　私より少しばかり年上の友達がいて、彼女は年々派手になっていく。原色を組み合わせ、待ち合わせをすると遠くからでもすぐに見つけられるくらい。それがなじんでいて、流行を追いすぎず、でもきちんと今風の形のパンツだったり、靴がいいものだったり、清潔に手入れされていたり。年齢にふさわしく、押さえるところを押さえれば、何歳だって好きな格好をすればいい。そう教えてくれているようで、とても勇気づけられます。好きな服を、着るぞ！

SPECIAL PAPER＊5

『12カ月のクロゼット』出版記念サイン会

OCTOBER 23 2010　紀伊國屋書店新宿南店

SPECIAL PAPER ◆ 12カ月のクロゼット

SPECIAL PAPER＊6

『12ヵ月のクロゼット』出版記念ミニトークショー＆サイン会

NOVEMBER 13 2010　三省堂書店池袋店

MURMURING TALK
vol.35 ✖ 道草びより

JULY 2011

道草びより
絵と文／杉浦さやか
(祥伝社黄金文庫・税込690円)

企業で働くOLさんのための新聞『シティリビング』で小さなコラムを連載して、丸7年がたちました。2週間に一度（現在は月一）、日記のように身のまわりのできごとや、気になるものについて描いてきました。

恒例のおまけはバージョンアップ！特製シール付き。50本ずつまとめた本も、今回で3冊目。

葉つきのかわいい青ドングリがたくさん落ちてた。

通りすがりの古書店についつい吸いこまれる帰り道。出かける「ついで」の用をふたつもみっつもねじこむクセ。

イチゴジャム
半日砂糖をまぶしたイチゴを、あくを取りながら20分ほど煮るだけ。カンタン！

小さいころから道草ばかり食って、その楽しさより道で見つけたものを描きつづるのがよろこびでした。

立石の立ち食い寿司屋さん

満員の店内、肩を並べておすしを食う。

平日200円。安くてうまい！

恒例のコスプレ報告
ずきんホスト
プレゼントのクッキーネックレス
胸の下まで上げたスカート＋ほし口。

仕事では極力自分の浮き沈みを出さないように心がけていますが、この3冊目の日々はつまずいたり立ちどまったりすることが多かった。

EVENT

✚ 発表記念サイン会 ✚
8月7日(日) 13:00〜
青山ブックセンター本店(青山)
要整理券(先着100名様)

絵本「あかずきん」をもとに、ロ承民話の冊子を制作。
イベントごとにペーパーを作ってます♥

日記に向かって自問自答したり、
自己啓発本を読みあさったり、
あたって砕けまくったり。

迷ってばかりで過ぎていた しんどい道草も、
超えてみると 楽しい道草よりさらに
価値があって、いとおしい日々に変わるの
だから、つくづく"時間"ってすごい。

これからも ずっと、
プラスとマイナス、
どっちの道草も
丁寧に味わって
ゆきたいものです。

大コーフンの初タカラヅカ！

この羽根と大階段は
人生一度は生で見るべき。
すんごい迫力です。

祥伝社 つれづれシリーズ

『シティリビング』の
連載"つれづれダイアリー"の
文庫化！1巻『よくばりな毎日』は
しおり、2巻『わたしのすきなもの』は
ポストカードの ふろく付き。
3冊 あわせて どうぞ ※

NEWS

✛ ドーのこけし展 ✛
クラスカ ギャラリー&ショップ ドー
7/8(金)〜7/31(日) 11〜19:00
伝統こけしや「KOKESHIEN!」
のリサイクルこけしの販売、
著名人のこけし自慢、こけし
グッズの販売 など、
もりだくさんな展覧会です。
◆東横線学芸大学駅 徒歩11分
www.claska.com/gallery/ ◆

私は
こけしの
足絵を販売。

✳ KOKESHIEN! ✳
不要伝統こけしのリサイクル
チャリティと、現役工人の
こけし販売を軸とした、東北
復興支援活動を展開。私もメンバー
として、イベントなどに 参加していきます。
◆ www.kokeshien.com ◆

✛「レピドール」の
サマークッキー ✛

クリスマスにつづき、
夢のクッキー缶の
イラストを描きました。
お店か通販でどうぞ！

◆ レピドール(田園調布)
www.lepi-dor.co.jp/
index.php ◆

JULY 2011

裏軽★ショッピング

軽井沢取材のついでに、まさに"道草さんぽ"をしてきました。旧軽銀座の裏道の、アウトサイダー的ショップにばかり惹かれるのでした。

SPECIAL PAPER＊7

『道草びより』出版記念サイン会

AUGUST 7 2011　青山ブックセンター本店

MURMURING TALK
vol.36 ✻ おしゃれの教科書

DECEMBER 2011

おしゃれの教科書
女の子のための映画スタイルブック

杉浦 さやか
(ブロンズ新社) 1,300円+税

映画の本を出すのは、私の長年の夢でした。イラストエッセイを描きはじめた学生時代は（趣味で、だけど）、もっとも映画を観ていた時期。

まだ東京にもいい名画座がいくつもあり、池袋や早稲田によく足を運びました。なにより好きな"映画"のイラストエッセイを出すのが、その頃の目標だったのです。

流れ流れてようやくタイミングが合い、はじめての本から13年もの時を経て実現したのが、この一冊です♡…嘆息

おもに取り上げたのは、おしゃれやライフスタイルに影響を受けた映画。

真っ先に描いたのは、80年代ティーンのマスターピース『プリティ・イン・ピンク』('86)。そして大好きな、ショートカットのミア・ファロー。不動のベスト2。

『フォロー・ミー』('72)

はじめて観たのはリアルタイム（15歳でなく、18の時だったけど。

お得意のおばあちゃんモノも…『やさしい嘘』('03)

『初恋のきた道』('00)のおいしそうなごちそう群。

そのまま運べる長持たんす。

フォークロア・テイストに目がない。『天空の草原のナンサ』('05)

そうなると自然と、女の子が主人公の
映画が多くなりました。
私が映画から一番大きくもらったものは
おしゃれや恋する
気持ち、スクリーンの
中の女の子たちの生きざま
そのものだったから。

学生時代のようには
いかなくても、その後も
ほそぼそと映画は観てきました。
けれども本に並ぶのは、どうしても10代、
20代の頃に観た作品が多くなってしまった。
かなり片寄っているけれど、まぎれもなく
今の私を形づくってくれた映画たち。
好きな映画で、なんとなく
人となりがわかっちゃうもんね。
ぜひぜひ、あなたの好きな
映画も教えてくださいね。

ピーターロビの
ワンコポーチ

おしゃれ女子に聞く My Best 3

おしゃれやライフスタイルに影響を受けた映画は？

ホントは本でやりたかった企画！
興味を引かれる人に、
好きな映画を聞くのって
ものすごく楽しい。
意外だったりナットクだったり、
"8人の女たち"に
聞いてみました ※

◆ 桜井由佳 ◆

1 フリーダ ('02年/アメリカ)
「フリーダの民族衣装の、独特の
色合わせが好き。これを観て
その年の春夏は、メキシコをテーマ
にしたカラフルなコレクションに！」

ボロワンピに、
毛皮と
バーキンを
合わせる ※

フォークロアな
着こなしがキュート。

アクセサリーブランド
「wool, cube, wool !」
デザイナー

2 ザ・ロイヤル・テネンバウムズ ('01年/アメリカ)
「スポーツアイテムを取り入れた、野暮ったい
けど絶妙なバランスでダサかっこいい
ところがツボ。私も女の子らしいワンピースに、
ジャージを合わせたりしてるよ。」

3 グッバイ・モロッコ ('98年/イギリス)
「主人公の姉妹のヒッピー・ファッションが
かわいい！ 妹のヒーの手編みニット・
ベスト+ベルボトムの組み合わせが
すごく気に入って、友達にまねして
作ってもらった思い出が。」
主役はケイト・ウィンスレット。この映画、
全然知らなかった。インテリアもすごく
いい！

ブカブカの民族衣装を着たり ♡

ひきつづき……
おしゃれ女子に聞く！

My Best 3

おしゃれやライフスタイルに影響を受けた映画は？

1 プリティ・イン・ピンク（'86年/アメリカ）
「これは外せない！80'Sで、ロンドンファッションや古着ミックスが生き生きしてた時代。"かわいい"だけじゃなく、"おしゃれって楽しい"ってことをひしひしと感じる映画。」

2 おしゃれ泥棒（'66年/アメリカ）
「母の影響もあって、ヘップバーンは大好き。どれもスタイリッシュだけど、一番はこれかなー。『ファニー・フェイス』と悩んだ！」
ネグリジェの上にジバンシィのピンクのコートをはおり、長靴をはくこの格好が「めっちゃツボ！」だそう。

佐野麻理子 ◆

神戸の雑貨、手芸パーツ、古着のステキショップ「Anemone」&「Rosie」店主。
伝記ものを避けてた私に佐野さんが教えてくれた、大好きな作品。

3 フリーダ（'02年/アメリカ）
「焦がれていたメキシコイキの背中を押してくれた。価値観や大切なものを見つめ直した旅となりました。」

スカーフニスト

1 タイムズ・スクエア（'80年/アメリカ）
「10代の女の子にしてはハイセンスすぎるヴィンテージ服のコーディネートに加え、当時流行していた New Wave サウンドをバックに、2人が踊るシーンが忘れられない。」

最近、ミア・ファロー風のショートに。

SUMIRE ◆

「VIOLET&CLAIRE」店主、文筆家、DJ。20代半ばのすみれちゃん。「アナタ本当はいくつ?!」なセレクトにびっくり。

HANNAH ◆

1 ベニスに死す
（'71年/イタリア=フランス）
「つばが広くて上向きで黒いリボン……私にとっての麦わら帽の理想！例の美少年の妹たちがかぶってた。おばあさんになっても、そんなのをかぶり続けられるといいな。」

かぶりものの女王

アクセサリー作家。20代のお子さんがいるとは思えないスーパー古着ガール。

久しぶりに観直したいなー。

2 シャレード（'63年/アメリカ）
「スカーフも、いかにも色っぽいかぶり方より、少女っぽいのが好き。なので、ジャンヌ・モローよりはオードリーですが。」

3 シェルブールの雨傘
（'64年/フランス=西ドイツ）
「ファッションとインテリアが非の打ち所がないくらい、もうとことん好み。最高！
ドヌーブのトレンチが素敵すぎて、バーバリーを買うことを決意。古着をマメに探し、ついに70年代のひざ丈のコンパクトなのを見つけました。」

3 女は女である
（'61年/フランス）
「アンナの演じる女の子って、どこかキッチュで、でも影のある感じが好き。セーラーをストリップするシーンで、エロさよりもキュートさが目立つ彼女みたいになりたい。」

Andy

「着こなしがお母ちゃん風」って、ナルホドー。

甲斐みのり◆

リボンがトレードマーク

文筆家。乙女のカリスマ☆みのりブランド「Loule」は、『なまいき〜』に出てくるディスコ「Roule Roule」に由来するのだ。

1 なまいきシャルロット ('85年/フランス)

「13歳の時に観て、その後の人生を決定づけられてしまった。映画の中の赤いワンピースやボーダーシャツと似たのを、古着屋で探してみたり、フランス音楽にかぶれてみたり。」

2 カラスの飼育 ('75年/スペイン)

「学生時代、時のDJ"もどき"をしては、主題歌の「Porque te vas」をかけていました。ファッション、インテリア、音楽とたくさんの影響を受けた映画」

踊るアナちゃん♡

3 僕は天使ぢゃないよ ('74年/日本)

「あがた森魚監督作。これで憧れおしゃれライフが屈折してしまった(笑)。時代背景やカルチャーを調べるうち、古本屋になりたいと思うまでに。」

松尾ミユキ◆

セーターしばりでセレクトしてくれました*

1 女は女である
2 汚れた血 ('86年/フランス)

「今もって憧れがあるのは、アンナ・カリーナとジュリエット・ビノシュ。セーターやカーディガンを素肌にそのまま着たような、シンプルで色気のある着こなし。」

うしろ前に着てる

3 さよなら子供たち ('87年/フランス)

「シャツをのぞかせた、紺のセーターの着方が好き。」

イラストレーター。パリ在住歴のあるミユキ嬢、映画もフランスづくしで。

平澤まりこ◆

1 インテリア ('78年/アメリカ)

「次女・ジョーイのキッチン。日常の風景がステキ。背景と服の色合わせなど、画面の切り取り方が控えめな中ながらグッとくる」

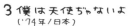

"惚れました"

白とベージュの微妙なカトーンがおしゃれだよね

2 東京物語 ('53年/日本)

「原節子演じる紀子の佇まいに、女性とはこうあるべきだなぁと深く感じいった。おしゃれするにはまず中身からって感じかな。」

3 オール・アバウト・マイ・マザー ('99年/スペイン)

「自分では絶対しないような色、柄合わせがおしゃれだなぁと思う。マヌエラのまっ赤なコートがキャラクターにぴったりで印象的。」

イラストレーター。シンプル好みのまりこ嬢とアルモドバル、意外なセレクト!

中村亮子◆

1 なまいきシャルロット

「中学の時に観て、ぶかぶかのボーダーシャツのシャルロットに胸きゅん。着飾ったかわいさじゃなくて、ファッションてのは、その人の個性と合わさっておしゃれというのだなーと実感させられた。」

柄on柄のミーおばあちゃん

2 フライド・グリーン・トマト ('91年/アメリカ)

「ライフスタイルも服も食べ物も印象的。いろんな世代の女性がそれぞれ魅力的で、歳をとるのが怖くないと思える。」

3 カンフー・マスター! ('87年/フランス)

「ざっくりセーターやジャケット、メンズっぽい着こなしなのに、女らしい。足もとはコンバースとかの、決め決めじゃない崩しのおしゃれを知りました。」

料理創作ユニット"Goma"のりょうこ。「今でもずっと、ジェーン・バーキンは永遠の憧れ!」

SPECIAL PAPER＊8

『おしゃれの教科書』出版記念サイン会

DECEMBER 17 2011　リブロ池袋本店

SPECIAL PAPER＊9

『おしゃれの教科書』出版記念トークショー

京阪でお酒を飲むならば
杉浦さやか
二〇一二年 一月 一五日
青山ブックセンター本店

JANUARY 15 2012　青山ブックセンター本店
甲斐みのりさん著『東京でお酒を飲むならば』と合同トークショー

SPECIAL PAPER＊10

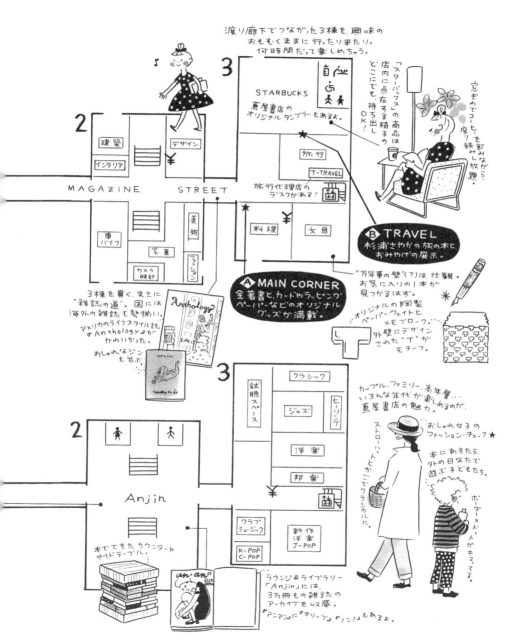

COLUMN＊11

夢の一冊

来たるべき日のためにつくっていたスクラップまじめ。

　映画についての本を出す。20代のはじめのころは、そのために課題や仕事の合間を縫ってイラストエッセイの練習をしていた、といっても過言ではないほど、私の大きな目標でした。高校時代から憧れていたイラストレーター・もんさんの、映画のイラストエッセイが大好きで、多大なる影響を受けました。

　大学の先生だった安西水丸さんも、よく描かれていました。作品を見てもらって、「僕は俳優を似せて描けないけど、杉浦のはなかなか似てるね」なんておだてられて、天にも昇る思いになったり。問題は似せて描くかどうかじゃなくて、どうその作品の魅力を端的に表現できるかなんだけど……。先生はモノクロームの一枚画で、それを見事にやってのけておられた。私も通販会社の冊子で、15年近く映画紹介の連載をしていたけれど、毎回かなり苦労しました。

　本を出せるようになっても、長いこと「映画」というテーマにはたどり着けませんでした。個人的になりすぎるからか、売れないというセオリーがあるからか。そんなわけで、足掛け20年。『おしゃれの教科書』でようやく思いのたけをぶつけられて、幸せでした。欲を言うと……できればもう10年、早く描きたかった。近年映画からだいぶ遠ざかっていることもあるけど、心のベスト10に並ぶ作品は、ほとんど30歳までに見たものばかり。どうしても昔の映画が並んでしまうし、夢がたぎっている状態で描いてみたかったなぁ。

　しかし、大好きな映画を観直しまくって、楽しい日々でした。

MURMURING TALK
vol.37 ✽ ひっこしました〈文庫版〉

APRIL 2012

ヤネセン★うまい店

1 大木屋 もんじゃ屋さんなんだけど、完全予約のおまかせコースで、メニューがユニークすぎる。超厚のステーキなど、驚きの絶品メニューの数々…。5〜6人でワイワイと。

ニンニクピョウシ

2 天外天 地元で愛される本格中華店。前菜、おひつごはん、スープ、デザートもつく平日ランチはおいしくてぜいたく。

杏仁豆腐ウマイ

3 毛家麺店 担々麺が有名ですが、お気に入りはエビそば。レモン味の透明スープにプリプリのエビ、どっさりネギと香菜…♡ 上品で美しいラーメン。

4 汐満 クリーミーで少しエスニック風味、食べたことのないカレーうどん。クセになる美味しさです。味玉付き。

豚カレーうどん

5 黄金たいやき vs 根津のたいやき
カリカリ王道の「根津」(大行列!)より、私は「黄金〜」のほうが好み。もっちりしてて甘みのある生地がおいしい♡
韓国風なんですって

大好きなメキシコ雑貨がいっぱい！日本でデザインされたものが多いので、泥くさすぎなくてかわいい。

カラフルキャンドル
お花十字架

週末はごった返す観光客で谷中ぎんざで揚げ物天国「すずき」派です。コロッケ20円の店も！
メンチカツ

谷中が初めての人を必ず連れていく、江戸千代紙「いせ辰」。目の保養〜。

便箋用ポチ袋

大好きな3店舗は姉妹店。お散歩しながら、てくてくショッピング。

A BISCUIT
紙もの、手芸パーツ、人形、アクセサリー、小さきものたちがぎっしり。
美しい紙のパーツ
クロモス（種類豊富）とコラージュしてカードや箱をおめかし。
お花を持ったベルリンベア

B ツバメハウス
ヨーロッパ古着と服、アンティーク雑貨など。

C ツバメブックス
東西ヨーロッパの絵本や画集、ビジュアルブックの並ぶ小さな古書店。根津神社目の前。
フランス「Honnete」のワイドシャツほしい！マニッシュな華奢。

✚ お屋敷拝見 ✚

大正8年に建てられ、平成8年まで現役だった邸宅。純和風の家屋と庭、奥には豪華な洋間とサンルームもあって、見応えたっぷり。

洋間の柱にフクロウ博士

10:30〜15:00の30分毎にガイドツアーでまわる形式（50分 500円）。
女中さんは板の間の部分を歩いたのだそう。

◆（水）（土）のみ開館
10:30〜16:00（入館は15:00まで）◆

ひっこしました
―わたしの暮らしづくり

杉浦さやか
（祥伝社黄金文庫）657円＋税

杉並区・西荻窪の古いテラスハウスへの引っ越しのあれこれを描いた、『ひっこしました』（08年刊）が文庫本になりました。

18歳から5軒渡り歩いたひとり暮らしのすまいの中で、テラスハウスは唯一の理想的な物件。新居用の家具探し、DIY、庭づくり…なみなみならぬ情熱をかけて、新しいすみかをつくりあげました。まわりの人々に、うんと手伝ってもらいながら（読み返すとまあ、あきれるくらい頼ってる）。あんなに愛情を持って暮らした家も街も、今までありませんでした。

かけがえのない西荻での生活——私のひとり暮らし時代の集大成ともいえる一冊です。

親本も赤い本でした※

のちのわが家を見に行っているところ。

通路に緑があふれ、"台湾のアパート"（イメージ）みたいで素敵なんだけどな。
長年住んで、庭失が荒れたうちが目について、印象はあまりよくなかった。

ふたたび ひっこしました

昨年の春、丸6年過ごした西荻のテラスハウスを出ました。前回が"占い"なら、今回の引っ越しのきっかけは"結婚"でした。それまでまったく縁のなかった東京のイーストサイド、谷根千エリアへ！

棚2つは今は和室に。共通の趣味なので、またこれがふえました。

夫の拾った踏み台の上は、メキシコの刺しゅう見本。

入り組んだ路地に お寺と坂道だらけの古い町。若手ショップがどんどん増えてはいるけれど、やはり静かな下町。ずいぶんのんびりペースの生活になった気がします。

文庫版のあとがきに新居の写真を載せていますが、ここでもちょっぴり公開※
ほとんどが私の家具だし、新たに買ったのは台所の棚くらいで、あまり雰囲気は変わらず。同居人がいるぶん、少しは乙女趣味が控え目…になってないか。

仕事部屋の洋間にはつくりつけの本棚が。前の家の手作り本棚も、幅をカットして活躍中！

前の家から持ってきたものも。

古い3階建てマンションの角部屋。大好きだった小さな庭にかわって、今度はテラスがついています。6帖はゆうにある広々テラスが、この物件の決め手。緑いっぱいにしたいのに、直射日光に吹きさらし、植物を育てるのがむずかしい…！
テラスからスカイツリーを眺めながら、さて、いつまで続くか、下町暮らし。

👓 結局2年後には、出産を機に中央線に戻ったのでした。

裏の家に桜が2本あって、去年は花見ができたのに…今はなくなり、うちと同じ高さの物件を建設中…。

✻ 杉浦さやかの「代官山蔦屋書店」さんぽ(仮) ✻ 4/15(日)〜5/13(日) **EVENT**

昨年12月、代官山に華々しくオープンした話題の「代官山蔦屋書店」。同じ12月に出版した『おしゃれの教科書 - 女の子のための映画スタイルブック』（ブロンズ新社）の発表記念に、店内4ヶ所でサーヤフェアを開催します。パネルや雑貨展示、グッズ販売。DVDコーナーには本に出てくる映画が並びます※
店内マップを製作するので、前文歩に来てください。お店が楽しすぎて、半日くらいはあっという間！

● tsite.jp/daikanyama/about/todays.html ●

👓 P.126・127のマップを作りました。

COLUMN＊12

みたび ひっこしました

西荻窪・テラスハウスの小さな庭

　妊娠をきっかけに、結局下町暮らしは2年で幕を閉じました。産後頼るつもりだった姉のそばに住みたかったのと、やはり長年暮らしたエリアが恋しくなり、中央線へと舞い戻ったのでした。千駄木に引っ越すまで17年間も暮らした沿線だもの、そう簡単には抜け出せませんでした。静かで落ち着いた路地裏の暮らしは、今思い出しても特別な時間だけど、猥雑で活気溢れる商店街が恋しくなってしまったのでした。

　妊娠してからあわてて探したので、西荻窪では物件を見つけられず、2つ隣の阿佐ヶ谷へと、臨月のおなかを抱えて引っ越してきました。それから約3年。だんだんなじんで、沿線では地味だけれど、ゆったりしていて住みやすいわが街にすっかり愛着がわきました。

　もちろん大好きな西荻窪にも、頻繁に自転車でパトロールに向かいます。そのときに時々わざと通るのが、テラスハウスの跡地。私が出たあと、2年ほどして取り壊しが決まり、今も更地のまんま残されています。そこで暮らしていた日々が幻のようにちらついて、胸がちくちくします。工事用の塀に囲まれて中を見ることはできないけど、それぞれの庭にあった木や植物の名残がぐんぐん伸びて、ジャングルのよう。うちのモッコウバラも根っこを残していて、今も暴れているかしら（剪定するのが大変だった）。違う建物が建ったら建ったで、またセンチメンタルな気分になるんだろうな。

MURMURING TALK
vol.38 ✖ レンアイ滝修行

DECEMBER 2011

レンアイ滝修行

杉浦さやか
(祥伝社) 1,300円＋税

2009年、著者37歳の春。
文芸誌『Feel Love』誌上での、
"恋愛"をテーマにした連載の
依頼が舞い込みました。
——結婚はしたいのに、なかなか
結びつくような恋愛ができない。
それまでのんきに過ごしてしまった私が、
30代半ばになって持てあましまくった
"恋愛と結婚"という問題。

気合いの入った著文は、担当H氏の力作…。

ぼちぼち本気を出さないとマズい
のでは…というあせりから、連載
テーマを"婚活"に設定。
「最終回は私の結婚式です！」と
編集長に高らかに宣言して、
連載がスタートしました。

白装束で向かった先は… エイ！ 本物の滝修行！

決意の滝修行からはじまり、占い、
セミナー、田植え合コン！など、5回に
わたって自分なりの"婚活"をくり広げ"
…連載期間はたった1年半だけど、
まったく具体的に結婚について
考えてこなかった私には、
非常に有意義な
日々でした。

出雲大社東京分祠の絵馬

最終回は神頼み※東京大神宮のお守り…

ビーズ付きでカワイイ♡

人のなれそめ話を聞くの、大好き。
6組のカップルのなれそめストーリーを掲載。

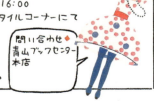

こちら、15歳あねさん女房の夫婦

EVENT

※『レンアイ滝修行』発売記念サイン会※

2012年11月11日(日) 13:00〜16:00
青山ブックセンター本店内・ライフスタイルコーナーにて

11月3日(土) 10:00より
青山ブックセンター本店で本書を
お買い上げの100名様に、1冊に
つき1枚整理券をお渡しします。

問い合わせ
青山ブックセンター
本店

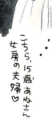

あせるばかりの気持ちが、修行によって落ち着いていき、一カの抜けたあたりで、意外な出会いが！最終回執筆中に初デート→半年足らずで入籍、という早業を成しとげました。
（その出会いの経緯も、ねっちりと描きおろしております。）

かつてこれほどまでに、悩んで作った本はありませんでした。"恋愛"ほどみっともない、かっこ悪い部分が出るものもないのに…深く考えずに連載をはじめてしまったから。きちんと描かなきゃ伝わらないし、暑苦しすぎる内容は読むほうもつらいし。うんうん うなりながら産み落としたのがこの本です。

皆さんの反応を恐れつつ、笑ってあきれて、読んでもらえるとうれしいです。

自分の結婚式の記念品として作った、夫婦手ぬぐい。夫の職業がタロット占い師…ということで、夫手ぬぐいは「金運アップ」、サーヤ手ぬぐいは「ラブ運アップ」のご利益付き（？）。この手ぬぐいセットを、読者50名様に抽選でプレゼントします。くわしくは『レンアイ滝修行』の帯をご覧ください。

NOVEMBER 2012　137

WEDDING!

『レンアイ滝修行』は前半は婚活、後半では結婚式までのことを描いたのですが、当初入れる予定だったのが「心に残る結婚式」の項目。こちらで少々ご紹介。

バリ島で挙式した友人M子。披露宴の最後、庭のあずまやにみんなへのプレゼントがかかった木が登場。「ピンポンパン」のエンディング（古い）みたーい。

新婦手作りの袋の中は、音楽好きの新郎が各ゲストのためにセレクトしたCDが。

オアフ島でのBちゃんウェディング。新婦の母方の5人姉妹がおそろいのムームー姿で楽しむ気満々のご親族、ステキでした。

新婦の母だけは色違いを…

現地で買った髪飾りとネックレスをおそろいに。仲良し。

✳ 明治神宮で参進 ✳

一番最近出た結婚式。10月吉日、明治神宮で挙式した友人カップル。『レンアイ滝修行』で明治記念館のウェディングフェアの取材をしましたが、参列は初体験。"参進"に参加できてうれしかった！

神職の先導で境内を練り歩く。参拝客や観光客に祝福され、しあわせムードいっぱい。

イタリア人ツーリストたちに囲まれ、記念撮影に応じる。

披露宴は神宮内の「桃林荘」。あちこちに桃のモチーフが。

鴨居にも桃

招待状にも桃。イラストレーター落合恵ちゃんデザイン。

引き出物は京都「SOU・SOU」の草履と、お赤飯！赤赤飯は初めてだったけどうれしいものだな。夕飯においしくいただきました。

エッフェル塔に入った焼き菓子はプチギフト

次の夏が楽しみ✳

この2人も元同僚

SPECIAL PAPER＊11

『レンアイ滝修行』出版記念サイン会

NOVEMBER 11 2012　青山ブックセンター本店

MURMURING TALK
vol.39 ✳ おさんぽ美術館

AUGUST 2013

おさんぽ美術館
ぶらりとめぐる アート・雑貨・カフェ

絵本の雑誌『月刊MOE』の連載を
まとめた本も、3冊目になりました。
今回のテーマは「美術館」。
こんな仕事をしておきながら、とんと
アートや美術館と縁の薄い私。
友達にさそわれて、たまーに
訪れるくらいでした。
なんとなく敷居の高い"特別な
ところ"と思ってしまっていたようです。
足を向けてみれば、必ず大きな
刺激と感動を受けるのに。
そんなちょっと苦手意識のあった場所と、
得意の散歩をくっつけたのが、連載
「美術館とさんぽ」。

建物が好きな美術館、印刷や
こけし、文学など生活に根ざした
テーマの博物館、箱根や軽井沢、
長崎にも足を伸ばして……。

絵と文／杉浦さやか
(白泉社) 1,365円

澄生が愛しモチーフとし続けた"明治"を
イメージした建物。

楽しみにしていた
鹿沼の「川上澄生美術館」

ずっと
来たかったんだ〜

編集
K嬢

シリーズ第一弾からの連載の
マスコット、猫の"ぶらりちゃん"も
健在

バラのアイスでおなじみの、長崎・
眼鏡橋「チリンチリンアイス」

眼鏡
きょろん

バラの形に

キャー

王道からはちょっとはずれるけど、興味の
おもむくままに選んだ美術館と、
18の散歩コース。
たっぷり展示の世界を堪能したあとは、
地元で愛される小さなカフェやおいしい
おやつ、魅力的な本屋さんを探険。
美術館とその周辺を、旅するように
歩きまわりました。
お気に入りのコースを見つけに、
本を開いてもらえたらうれしいです。

上井草「ちひろ美術館・東京」近くの、
サンドイッチとコーヒーの店「カリーナ」。

卵・ハム・野菜の入った
"スペシャルサンド"
260円

近所にあったら通いつめる！

杉浦さやか・MOEの本

● えほんとさんぽ (06)
さがしに行こう！絵本・雑貨・カフェ

絵本のある雑貨店、カフェ、映画、絵本ができるまで。絵本と絵本的なものを探して歩いた1冊。

● えほんとあそぼう (08)

絵本作家さんと猫スケッチ、手芸、雑草の生け花、パンづくり。絵本をテーマにいろんな遊びにチャレンジ！

  出産しました

ここ半年の一番のニュースというと、子を産んだこと。3月はじめに、2940gの女の子が誕生しました。入院から9時間の安産だったけど、最後の5時間はつらかった……。

まったく兆候がなく、翌週に器具を使って子宮口を開くことが決まったとたん 5〜6km、翌日は7〜8kmと2日間歩きまくり—見事その明け方に陣痛がはじまり、自然分娩にこぎつけました。
←ネットで処置が痛いのを知り…
痛いのヤダッ

とてつもなくヤバそうな何かが「出る！出る！出る〜!!」のを痛みの中でひたすら耐える。
ハーッハーッ
呼吸というか叫び
夫
陣痛室にて
腰をさすり、肛門を押し続けてくれた
姉

ブラマヨ・ヘア
ふきのとうの蕗ちゃんです。とにかくよく寝る（陣痛中もお腹で居眠り）、のんびり屋さん。

ちいさな意思表示ステッカー

昨年9月に世田谷「巣楽」での合同展示「愛のかたまり All we need is love but not Nukes」展に出品したイラストが、ステッカーになりました。こわくなく、フレンドリーにさりげなく、「No Nukes！」の意思表示。

◆ちいさな意思表示プロジェクト
http://d.hatena.ne.jp/ishihyoji_PJT/
販売店などくわしい情報はコチラまで。

女のコが8人！長〜いステッカー

本の制作に取り組んだのは、妊娠後期の3ヶ月間でした。

妊婦日記

判明したのは7月初旬。10日前までハワイ旅行で、泳いで山登りして酒飲んで……大暴れしていたので肝を冷やす。41歳での出産だし！

「なんで?!」どうらくらい太ったと思ったら妊娠→断酒して2週間で-4kg！

食べもの

夫:小児ぜんそく、私:軽いアトピーで、子どものアレルギー率が高そう…！姉の子の重いアトピーの苦労を見てきたこともあり、除去食をすることに（妊娠中の効果は医学的に証明されていません）。

卵、牛乳、小麦を避ける日々……

米粉のパンは気に入った

きしめんでパスタ代用

おやつはプルーンや煮干し、寒天ゼリー

※パルシステムのアレルギー用カタログを愛用。

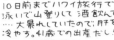

6週5日 (2か月)のエコー

右にくっついてるのが卵の黄身にあたる栄養袋。人間にも黄身があったのか〜。

つゆり

つわりと食制限のストレスで、2〜4か月は超ネガティブ。妊娠関連サイトを見ては心配してよく泣いてた。

抱き枕は早々に購入

吐き気はないもののぐったりして畳に長く向かっていられず、寝転がってばかり。

でも全然軽いほうだったと思う。

5か月目前に行った鳴子こけし祭りで糸が切れてしまい、ラーメンやオムライスを一心不乱に食う。

あっさりフリーダムに…無理は続きませんね。大好物のとんかつもやめられず。

23週3日 (6か月あたり)のエコー

6すこけしサイズだね

秋

9月半ば、安定期に入るころには元気を取り戻し、イベントや新刊の発売、佐賀への帰省、東北旅行ととび回る日々。

妊婦ファッション

もともとブカッとした服が多かったから、トップスはありもので。5か月のおりからお腹が苦しくなり、無印の妊婦パンツを調達。

チノ、スキニー、ボーイフレンドデニム、家着と4本も！

タイツ、レギンス、ボトムスは無印一辺倒り。

でかバンが早い時期から愛用。

(けっこうカワイイ)(リサイクル品)

6か月、7か月と2度あった友達の結婚パーティーは、大きめのワンピース（お月で裾が上がるぶん、丈をおろした）、父の七回忌は母のワンピースを借りてしのぎました。

2年暮らした文京区千駄木から、乳母（姉）の住む古巣・中央線に戻ることも決まり、バタバタ！

優抵抗のあたっていない妊婦先生の赤ちゃんホルダーに変身免罪符として装着。

「アトリエベネロープ」の妊婦バッグ

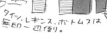

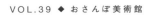

SPECIAL PAPER＊12

『おさんぽ美術館』発売記念サイン会

AUGUST 18 2013　三省堂書店池袋店

毎度おなじみプチコスプレは、「ゲージツ家」。画家＝ベレー帽という、ふた昔前の発想です…。

料理創作ユニットGomaのアクセサリー。アートっぽい?

ウールのしか持っていないので、今日のベレーは借り物。かなり前のアニエスb.の。ああ、なつかしの90年代!

本日は暑い中、『おさんぽ美術館』の刊行記念サイン会にお越しくださいまして、ありがとうございます!

月刊『MOE』での連載をまとめた『おさんぽ美術館』。今日も隣に立ってくれている担当K嬢とまわった、18の"美術館＋おさんぽ"コース。どこも充実の1日になることまちがいなしです。

秋にむけて、アートなお散歩を楽しんでいただければ幸いです✻

背表紙のらりちゃんもゲージツ家

よりみち★イケブクロ

大学が西武池袋線沿線だったので、20年前はよく利用した池袋駅界隈。くわしくないけど、よりみち先をいくつか……。

新刊で紹介した姫路名物「御座候」、東武のプラザ館B2Fに入ってます。大ー好き!

池袋といえば、洋菓子、パンのタカセ。昭和な菓子パンやクッキー、パッケージがかわいい。クッキー缶は東郷青児

御座候

タカセ池袋本店

行ってみたいのがサンシャイン水族館内の「南国ビアガーデン」(入館料1800円)

6:30〜7:30はペンギンの遊泳を見ながら飲める

三省堂書店

タカセ東池袋店

パフェテラスミルキーウェイ

宮城ふるさとプラザ

2Fレストランがレトロ♡

自由学園明日館

フランク・ロイド・ライト設計の美しい校舎を見学(日曜は受付〜4:30)。ホールでお茶を飲める喫茶付きで600円。毎年夏に開かれる一夜限りのビアガーデンに行ってみたい(今年は8/16)。

星座をテーマにしたメルヘンパーラー。学生のとき行ったきりだけど乙女座パフェを食べたい!

宮城の物産が勢揃い。鳴子こけしもありますヨ

シャンパンのような発泡清酒 すず音

MURMURING TALK
vol.40 ✱ うれしいおくりもの

NOVEMBER 2014

うれしいおくりもの

杉浦さやか
（池田書店・1300円＋税）

4年ぶりの書きおろしは、10年近くあたためてきた「おくりもの」がテーマの本。誕生日だけはしっかり祝う家庭で育ったので、小さなころからプレゼントを選んだり、カードをつくることに情熱を注いできました。

しみじみと実感するのは、なかなかおくりもの上手にはなれないということ。相手のよろこぶものを、ここぞというタイミングであげるって、本当にむずかしい。どうしても自分の趣味を捨てきれず、何度も失敗をくり返してきました。

出産祝いについては、1年半前の実体験を盛りこみました。

1歳7ヵ月で正しく遊べるようになった「ニック社のあひる」。毎日大活躍！

本には書けなかったけど、1歳をすぎてから遊べるおもちゃもありがたい。

マスキングテープ製のはたはMちゃんの手づくり

山頂でのサプライズ・バースデーケーキ！

カラフルなタイツをよくはいている彼女

リボン好きの友人・Kちゃんにおくったプレゼント

以前私がはいていて「かわいい」と言っていた「unpeu」のタイツ。リボン柄をオーダー。

吉祥寺「musline」で見つけたリボンブレスレットをおまけに。

それでも、プレゼントをおくらずにはいられない。素敵なものを見つけたら友達におすそわけしたくなるし、大切な日のおくりものを考えるのは、悩ましくも楽しいこと。きれいな紙で包んでカードを添えて、プレゼントをしあげる作業は、一番の趣味かもしれません。

旅のおみやげについても。ロンドンで見つけたサシェ

メイディと下着のステキショップ「ALICE&ASTRID」で

おくるのも
おくられるのも、
ただ単純に うれしい、プレゼント。
今までの 私の おくりもの エピソードを
たくさん まじえて、大好きな
　　　おくりもの の本を
　　　　つくりました。

NOVEMBER 2014

WRAPPING

今回、本にショップガイドを のせられなかったので（行くお店が吉祥寺・西荻窪に偏りすぎで…）、こちらでご紹介。

✳ stock（経堂）✳

タイやトルコ、ドイツ、いろんな国の雑貨やパーツがぎっしり並び、ラッピング熱にうかされる！

◆ stock-sengoku.jugem.jp　W（web shopあり）

折り鶴柄の袋
キラキラリボン
ネオンカラーのひも
キモノタグ

タイのポンポン、たくさん買いました。いろいろ使えそう。

✳ つきまる雑貨店（西荻窪）✳

アジアで買いつけた、キッチュでとぼけた雑貨たち。

タイの子どものプリントでできた封筒
ユニークな子どもものがたくさん！
ベトナムのスズメ♡

◆ otsukisan.info　W　🦋 現在はwebショップのみ。

✳ Flying Tiger Copenhagen（表参道）✳

紙雑貨やラッピンググッズが安くてかわいい。ミニフラッグは10色50本100円。色紙で貼り絵をして、プチカードに。

ビビッドカラーの封筒。リボンをかけたら映えそう。

◆ flyingtiger.jp

✳ musline（吉祥寺）✳

すみずみまで上品で愛らしく、大好きなお店。

よく「どこの？」と聞かれるパール付きブレスレット

ACCESSORY

アクセサリーを買うならこの2軒。

✳ boco（代々木）✳

ユニークなアクセサリーや小物が見つかる。

「only yun yun」のハンドバッグピアス

いろんな色がある
可憐なコサージュ

◆ brown-plus.com

「boco」は閉店

お花の咲くステキな店先

WEB

webショップで買うことはそう多くないけれど……

✳ 恵文社一乗寺店 ✳

実店舗も大好きだけど、なかなか行けない京都の「恵文社」。本はもちろん、雑貨も豊富。書店らしく、ドイツ製の本用ブラシなんてのも！

オリジナルトートバッグ
BOOK

◆ keibunsha-books.com

生活雑貨なら「CLASKA」「日用日」「ZUTTO」、子どもものなら「lili et nene」「CHATOY」などがおすすめ。

ZAKKA

最近はプレゼント選びに最適な
ライフスタイルショップがたくさん。

白い一軒家ショップ
● nookstore.jp

✳ nook STORE (代官山) ✳

おしゃれだけど、ほどよく
ゆるいセレクトが楽しいお店。

若い娘さんが選んでいたギフト
フランスのネットバッグに
NYのミネラルウォーターに
コーヒー豆をセット。

静岡の「IFNi COFFEE STORE」

✳ SALON adam et ropé (吉祥寺) ✳

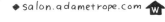

おいしい食材が豊富で、
困ったらここにかけこむ。

ジャムにオリーブオイルに…

南大沢「チクワベーカリー」
のパン(毎月第2土曜)や
神戸「トミーズ」のあん食
(毎週水・金曜)が
手に入るのがうれしい！

「アノダッテ」 Pear Fig

● salon.adametrope.com

同じ「アトレ吉祥寺」内の「オルネ マルシェ」と
あわせて頼れる存在。「オルネ」では定番雑貨と
コーヒー豆。徳島「アアルトコーヒー」や札幌「森彦」
のコーヒー豆が手に入る。

✳ FALL (西荻窪) ✳

きれいな木製のパン切りナイフ

おいしい土鍋や塩やソープ、マフラー、
なんでもありの西荻のライフ
スタイルショップ＆ギャラリー。

英国王室御用達ブランドのキャンドル

紙ものや文具もある

パラグアイのレースをつかったヘアクリップ

● fall-gallery.com

GIFT

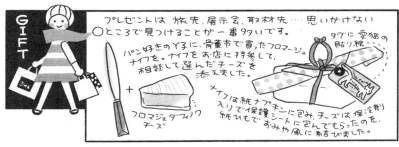

プレゼントは 旅先、展示会、取材先……思いがけない
ところで見つけることが一番多いです。

パン好きの女子に、骨董市で買ったフロマージュ
ナイフを。ナイフをお店に持参して
相談して選んだチーズを
添えました。

タグに愛猫の
貼り絵

フロマージュブリックチーズ

メインは紙ナプキンに包み、チーズは保冷剤
入りで保護シートに包んでもらったのを
ふろしき風に結びました。

NOVEMBER 2014

COLUMN＊13

おくりものは楽し

相手に合わせて…と言いつつ、ラッピングも乙女趣味に走りがち♡

　大学時代からの仲よしの友達、HちゃんとPちゃん。お互いにラッピングやおくりものが好きで、趣味も近いHちゃんとは、誕生日のプレゼント交換を欠かしたことがありません。ここ最近は「プレゼントを探しにいこう！」と2人で買い物に出かけていて、それ自体が楽しみなイベントに。
　一番のよき飲み相手であるPちゃんは、反対にまったく趣味が違う。よく展覧会を一緒に観に行くので、そこで欲しがっているものを贈ったりもするけど、25年以上付き合ってきて、それも数えるほど。お互いハズしたものを贈り合うより、その分一緒に飲もう！　と早い段階から決まっていたのでした。関係や、趣味の相違によっては、プレゼントが必須項目になるとしんどくなってしまうことも。
　私は時々、久しぶりに会う人にプチプレゼントを用意することがあるけど、そういうのを負担に感じる人もいるはず（家に訪ねていくときの手みやげは別）。気軽なものをチョイスしたり、人によってはあえて持っていかなかったり。1冊本を書いてみても、おくりものって本当にむずかしく、だからこそうまく届いたかな？　と思えたときのよろこびも大きいのかも。
　スマートにおくりたいのに、つい暴走して気合いが入りすぎてしまう私。自己満足にならないよう、贈る相手と内容をよく考える。これだけは肝に命じて、おくりもののやりとりを楽しんでいます。

SPECIAL PAPER＊13

『うれしいおくりもの』出版記念サイン会

NOVEMBER 6 2014　三省堂書店有楽町店

SPECIAL PAPER＊14

『うれしいおくりもの』出版記念サイン会 2

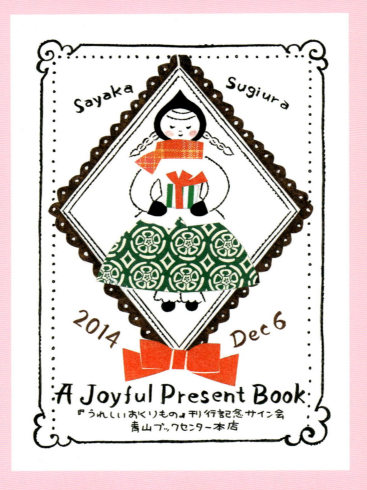

DECEMBER 6 2014　青山ブックセンター本店

MURMURING TALK
vol.41 ✱ おきにいりと暮らすABC

JULY 2015

おきにいりと暮らすABC
あるく・みつける・たのしむ
杉浦さやか（白泉社）1300円＋税

月刊『MOE』の連載「わたしのおきにいり」をまとめた本。これまでの連載は3回ともお散歩ものだったけど、今回は出産したばかり。結婚と出産を経て、そのころの自分といえば、あらためて自分の持ちものや好きなものを見直す日々でした。2年間で2回の大きな引っ越しをして、かなりの荷物をへらした直後でした。『オリーブ』に『そらいゆ』、コツコツ集めた古い雑誌、学生時代の大量の日記、かわいい空き箱。ずっと手放せなかったものを次々に処分して、それでも手もとに残った"おきにいり"を見つめ直したい、と思ったのです。

単行本化にあたり、連載で描いたおきにいりを「見つけて」「楽しんで」、さらに「どうしまっているか」の部分を大きく足しました。

口絵5Pでうちの家紹介。どーんと子を抱えた私の写真が登場しますが、もとがママ雑誌『kodomoe』の取材写真だから。

長身の男性カメラマンにずっとベソをかいてた…10カ月の娘、奇跡の笑顔！

めっちゃあやしている瞬間

棚の上にもおもしょいものが…チョロチョロ

授乳の合い間を縫って、愛しの西荻さんぽも。

7/7発売の『kodomoe』8月号でババと三世代旅をして、そのときのカメラマン氏と再会！連載「さーやとふきの親子デート」のスペシャル版で星野リゾート リゾナーレ熱海に行ってきました。写真＆イラスト満載でご紹介します。2歳になって保育室に通いはじめ、フレンドリーになりました。

担当編集さんに、「(連載で描いた)これだけのものをどうやってしまっているの？!」と聞かれたことがきっかけ。以前から「思ったより家がさっぱりしてるね」と言われることがあり、自己流ながら整理術も紹介させてもらうことに。

これまでの本に比べて、写真の量はかなりのもの。そしていつも通りイラストもぎっしり。気に入ってるのに本に収録できなかった他誌の連載もよりぬいて掲載して、楽しい1冊になりました。手にとっていただけたらうれしいです※

旅、おしゃれ、器、おやつ、手紙の話などなど。

みっしりつまったくるみクッキー。

杉浦さやか MOEの本

- **えほんとさんぽ** ('06)
  さがしに行こう！絵本・雑貨・カフェ

◀ 絵本を探して雑貨店、カフェ、市、博物館とお散歩。関西や安曇野、イルフ童画館へ。

- **えほんとあそぼう** ('08)

手芸に絵本作家さんとの▶ 猫スケッチ、絵本的映画の紹介など、絵本の世界をめぐる冒険?! 北欧にも遠征。

- **おさんぽ美術館** ('13)
  ぶらりとめぐる アート・雑貨・カフェ

美術館＋その周辺の街をお散歩。都内のお気に入り美術館のほかに鎌倉や軽井沢、長崎など。

1、2冊目で活躍したぶ〜＆らりも4冊目はお休み。

EVENT ✠ サイン会＆ミニトーク ✠

今回はカバーにぶ〜のみ登場

2015年7月18日(土) 14:00〜
パルコブックセンター吉祥寺店

パルコブックセンター吉祥寺店にて
『おきにいりと暮らすABC』を
お買いあげの方に整理券を配布。
※電話予約も受けつけます。

原画や、本に出てくる旅＆さんぽ日記も展示予定。

前作『おさんぽ美術館』のサイン会は"アートなベレー帽"(?)という短絡的なプチコスプレ。

JULY 2015　165

とんかつ愛を叫ぶ！

「一番好きな食べものは？」と聞かれたら、「とんかつ」と即答。とんかつと、ビールさえあれば！食の"おきにいり"、とんかつ特集です。完全ヒレ派のせいか、老舗の名店にはそんなにピンとこない私。チェーン店で十分の非グルメですが、独断と偏愛で語ります米

サーヤ的 NO.1とんかつ 西 vs 東

西 ✠ とんかつきのや（佐賀）✠

いきなりなかなか行けない場所ですみません…。夫の故郷佐賀の小規模チェーン「きのや」。肉厚でサクサク、けっこう普通だけどしみじみおいしい！

ちょこんとついたスパゲッティが…ご愛敬

ソースは2種だけど断然甘いほう。きのやはソースが旨い。

東 ✠ 坂本屋（西荻窪）✠

東京で一番好きなのは、かつ丼だけど…ココかなぁ。お客の9割が注文するのでは（普通の定食メニューもたくさんある）。

注文してから揚げてくれるとんかつが、トロトロの卵にからまって…。アー食べたい。

ハレの日

誕生日と結婚記念日はほぼとんかつ（夫も大好物）。当時住んでいた文京区役所で入籍したその足で向かったのは、水道橋「かつ吉」。

今年は小金井公園に花見がてら、「浜勝」へ。リンガーハット系列の店で、妊娠中に御茶ノ水店によーく行ったんだ。

お肉より先に山盛キャベツサラダが出てくる

みそ汁は赤だし

青じそごはん

肉がやわらかくさっぱり。2年目は新丸ビル店へ。

● bodaijyu.co.jp ●

「浜勝」はごまするソース
● s.hamakatsu.jp ●

うまい

前回の誕生日は単行本の制作でカンヅメ状態。地元、阿佐ヶ谷のオキニ「かつ源」で買ってきてもらったヒレかつで大満足。

大好きな西荻窪「アテスウェイ」のケーキも♡

誕生日のやり直しとして、後日出かけた浅草の洋食「グリル グランド」。今までに食べたかつカレーで一番おいしかった！

薄いカツレツが別皿で出てくる。

とんかつマーク

とんかつ店はかわいいブタさんマークがタタく、そこもたまらないポイント。

池波正太郎の愛した築地「かつ平」ののれん。笑ってる場合じゃないだろうに。

築地市場内「豊ちゃん」。場内でとんかつを食べたことはないけど、気になる……。

通るたびにキュンとなる新宿「三太」。

とんかつはエンターテイメント

★ とんき 目黒店 ★

厨房をぐるりと囲む劇場型の「とんき」。キビキビ働くベテランの板さんに若手、いるだけでワクワクが止まらない!

行列必至なので、いつも開店の4時に行く。

じっくり揚げた固い衣。唯一無二のとんかつ。

旅のとんかつ

★ 矢場とん(名古屋) ★

妊娠確定前、ずっと二日酔いが治らず「もしや……」と薄々気づきながらも。出張帰りの名古屋駅で素通りできなかった矢場とん弁当。新幹線で編集さんと席が離れてしまい一、赤みその強烈な匂いに焦りながら、ひとりかきこみました。そして思った通り、ものすごく気持ち悪くなったのでした。

みそだれ
つくりおきじゃないのがうれしい。

◆エスカ店 JR名古屋駅 エスカ地下街◆

ぶ〜ちゃん大活躍!

羽田空港国際線ターミナル内の「かつ仙」もまた行きたい(高いけど)……!

★ 成駒(福島・二本松) ★

こけしの里・土湯温泉に行くと必ず寄りたいお店。渋い店構えの食堂だけど、ソースかつ丼、かつカレー、もちろん普通のとんかつもおいしい!

フタがしまらないほどのボリューム

紙に包まれた温泉卵

つゆリで

★ すずや 新宿本店 ★

時々無性に食べたくなるとんかつ茶漬け。民芸調のインテリアもかわいくて好きだったけど、本店は現在建替え中!

普通に食べるのとお茶漬けと2度オイシィ。

味のけっこうよ濃ゆさ

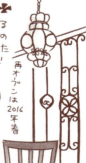

再オープンは2016年春

◆ toncya-suzuya.co.jp ◆

JULY 2015

SPECIAL PAPER＊15

『おきにいりと暮らすＡＢＣ』出版記念サイン会

JANUARY 18 2015　パルコブックセンター吉祥寺店

本日はお暑い中、『おきにいりと暮らすABC』の刊行記念ミニトーク&サイン会にお越しくださいまして、ありがとうございます!

代々木の「boco」で買った「YEAH RIGHT!!」のネックレス

「ネセセア」のお花ブレス

「repetto」…ではなく「GLOBAL WORK」のプチプラシューズです米

今回の本は写真満載で、自分でもびっくりな内容。はずかしくもありますが…がんばりすぎずかわいくさっぱりした暮らしを目指す様子をお伝えできればと思って作った本です。

さて、本日の自分・ドレスコードは…

STRIPE!

カバーにあわせて、ストライプルックにしてみました。上下とも「UNIVERSAL TISSU」。カジュアルだけど品があり、年齢的にもしっくりくるお気に入りのブランドです。

体型をカバーしてくれるアイテムが多い。下半身に難ありで、白いパンツなんて一生縁がないと思っていた私も、ここのはすんなりはけました。本の口絵ではいているウールのサロペットも、ユニバーサルティシュの。

吉祥寺といえば…自著でも何度か紹介しているモスリン!

musline

オリジナルの可愛なアクセサリー、ビンテージの服&雑貨、手芸パーツなどが並ぶ素敵なお店です。

愛用中のビンテージの布ショルダー

JULY 2015

おわりに

大ボリュームの『マーマリング・トーク おしゃべりなつぶやき』、
いかがだったでしょうか。
まとめるにあたって過去の新聞を読み直したこともあって、
書き下ろしのコラムも昔の自分を振り返るものがちらほら。
ついつい、ちょっとセンチな感情に浸ってしまったりして。
現在は新刊の販売促進グッズとして制作しているので、
半分はここ14年の著書のダイジェスト版のようでもあります。

もともとの出発が日々のつぶやき、
個人的な「趣味の新聞」ということで、
この本にはお店の情報などはくわしく載せませんでした。
興味をひかれる場所やお店がありましたら、
ネットなどで調べて
ぜひ足を運んでみてくださいね。

第2弾はコラムをたくさん加筆して、
もっと早い時期に出す予定でした
(P20、32、38はそのときの名残り)。
出版計画が何度か持ち上がったのに、タイミングを逃して
長い年月が流れてしまいました。
最初に第2弾のお話をくださった初代担当の山本泰代さん、
根気よく待ち続けてくださった二代目担当の渡邉悠佳子さん、
そして現担当の千田麻利子さんには
心からのお礼を申しあげます。
1冊目に続き、こまかなレイアウトをさばいてくださった
デザイナーのヤマシタツトムさん。
力を貸してくださって、ありがとうございました。

新聞は続いていきます。
第3弾でお目にかかれることを祈りつつ、
これからも一番の趣味として
楽しんで書いていきたいと思います。

著者紹介
杉浦さやか

1971年東京生まれ。日本大学芸術学部在学中に、イラストレーターの仕事を始める。独特のタッチと視点のイラスト＆エッセイが、読者の熱い支持を集めている。イラストのかわいらしさはもちろん、文章のうまさにも定評がある。著書に『おきにいりと暮らすＡＢＣ』（白泉社）『うれしいおくりもの』（池田書店）『レンアイ滝修行』『東京ホリデイ』（祥伝社）など、多数。

マーマリング・トーク
おしゃべりなつぶやき

著　者	杉浦さやか
発行所	株式会社 二見書房 東京都千代田区三崎町2-18-11 電話　03（3515）2311［営業］ 　　　03（3515）2313［編集］ 振替　00170-4-2639
ブックデザイン	ヤマシタツトム＋岡田歩（ヤマシタデザインルーム）
印刷・製本	図書印刷株式会社

落丁・乱丁はお取り替えいたします。
定価は、カバーに表示してあります。
©Sayaka Sugiura 2016, Printed in Japan
ISBN 978-4-576-16014-6
http://www.futami.co.jp/

二 見 書 房 の 本

マーマリング・トーク

杉浦さやか=著

映画や本、お気に入りのお店、骨董市、旅。
気ままに歩いてのんびり見つけた、1994年〜2001年のニュースが満載。
『マーマリング・トーク』第1弾。

好 評 発 売 中 ！